うどん　キツネつきの

高山羽根子

パチンコ店の屋上で拾った奇妙な犬を飼育する三姉妹の人生を繊細かつユーモラスに描いて第１回創元ＳＦ短編賞佳作となった表題作をはじめ，郊外のぼろアパートで暮らす多言語の住人たちの可笑しな日々「シキ零レイ零　ミドリ荘」，15人姉妹の家が建つ孤島をある日見舞った異常事態「母のいる島」，謎めいた子供たちの日記で幕を開ける不可思議な冒険「おやすみラジオ」，ねぶたの街・青森を舞台に時を超えて紡がれる美麗な幻想譚「巨きなものの還る場所」の全５編を収録。新時代の感性が描く，シュールで愛しい物語。第36回日本ＳＦ大賞候補作。

うどん　キツネつきの

高山羽根子

創元ＳＦ文庫

UNKNOWN DOG OF NOBODY AND OTHER STORIES

by

Haneko Takayama

2014

目次

うどん　キツネつきの

うどん　キツネつきの

Unknown Dog Of Nobody

一日め

「今、あのゴリラ啼かなかった？」

和江が足をとめて振り返るように見上げると、信じられない程の青空にゴリラが笑っていた。

「は？」

美佐は和江の少し前を行ってから足をとめ、まず和江の顔を見て、その視線をユックリ辿るようにゴリラを見上げる。

「啼かないっしょ。あれ」

美佐は呆れて言うとすぐまた、自転車を押して歩き始めた。前カゴには二人分の鞄が入っている。

幹線道路が十字に重なる交差点の上、四角に渡れる歩道橋の上に二人は居る。二人の通うった。

　高校は違ったが、テストの日取りは同じだった。テスト最終日、穏やかに晴れた十二時前だった。

　歩道橋の昇り口にはそれぞれ階段とスロープがついていて、美佐は自転車を押してスロープを昇り、和江につきあい歩いてくれている。和江は最寄りの高校に通っているため徒歩通学だったが、時間の合う時は待ち合わせて帰ることが多かった。

「だよねえ。でも、なんか……」

　和江はまだ、歩道橋から見える幹線道路沿いの建物を見上げている。和江が物心付くずっと前からある、古いパチンコ屋だった。屋根の上、昼は消えているネオン看板の横に、銀玉の入ったドル箱を両手に捧げ持つ大きなゴリラがいる。

　和江はここ以外でも同じようなゴリラを見た覚えがあった。量産されているのかもしれない。だとしたらどこで、どんな工場でどのようにゴリラは製造されているのだろう。ともあれこのパチンコ屋の屋上では雨の日も台風の日も、色褪せながらゴリラの張りぼてが歯をいっぱいに剝き出して笑っていた。

「啼いた気がしたんだよ」

　少し遅れて、和江は美佐の後を追って歩き始めた。

　と同時に、今度ははっきり聞き取れるボリュームで、再び声は聞こえた。それは水の入ったゴム製の硬いボールが何かに踏み潰された音をベースに、古布が引き裂かれるような音が混ざり、さらにウーファーの利いた低音とガラスの縁をなぞるような透き通った高音すら感じ取れるような音だった。

すぐにまた和江は、声が聞こえたゴリラのほうを見上げる。彼はさっきと一ミリも違わない、黄ばんだ歯を見せて笑っていた。

「ほら！　いま！　聞いた？」

と和江が興奮して美佐を振り返った時にはすでに、彼女はさっき和江が浮かべていただろうと思われる、なんとも複雑な表情でゴリラを見つめていた。

パチンコ屋は大きな幹線道路沿いにあるためほとんどが車客で、駐車場を広く取らなければいけない。しかし土地が足りないためか、一階を柱だけの駐車場にして、ビル自体を高床式に建ててある。昼時でもそこそこの駐車があるようだった。中の煩さを気遣ってか防音がしっかりとされていて、そのため外は静まり返っている。建物は駐車場を含め五階あり、ひび割れ気味のビルの横壁には鉄製の外階段が張り付いていて、ジグザグに屋上まで延びている。

この時点で二人の心を支配しているのは、もうあの声への好奇心だけだった。

歩道橋の根元に自転車を停めてめいめいの荷物を抱えると、鍵扉の無い外階段を上がっていく。制服ということもあり、昇りきるまでは人に見咎められないようにと腰をかがめつつ辺りを気にしていたが、一旦屋上に上がってしまうと周りにはたいした建物もなく、通行人や車から見つかることもなさそうだった。

どこにでもある、なんてことの無い屋上だった。撥水性の良いビニール質の塗料が床の全面に塗られていて、四辺をぐるりと囲んだ溝には一定の間隔で排水口が開いている。その周りに、二人の胸辺りまでの高さの鉄柵が設えてあった。

幹線道路に面した一辺に、電飾看板とゴリラは設置されている。当然ながらビルの外向きに作られているので、二人はその裏側を見るような位置に立っていた。看板のほうは逞しいコードらしきものが数本、裏手を繋いでいるが、ゴリラの背中のほうには電源やスピーカーのようなものは何も付いていなかった。

「やっぱり、なんの仕掛けもないよねえ」

美佐がゴリラの大きく色褪せた背中を仰いで、和江に言うともなくつぶやいた。

だとしたら、明らかにここからしたあの声は、いったい何だったのか。和江はぼんやりと屋上の周りを見渡した。外階段から屋上に入る位置の対角に、内階段の出口扉が付いたコンクリート製の小屋があった。それ以外には特に何も見当たらない。

色気の無い屋上に二人は立ち尽くしていた。久しぶりに自分たちの生まれた街を一望する。空が青い、と感じた。ただそれ以上の感情は生まれなかった。腑に落ちない気持ちで、和江も美佐も空を見上げていた。

また声がした。あの声だった。ただ、今度は近いために、相当な音量を以て二人の耳を振動かせた。啼き終わってもなお、耳に響きつづける程の声。和江がさっきから見ていた内階段の出口の辺りからだ。

二人は瞬間、駆け足で内階段の小屋に近づきアルミ製の扉を開けようと引いた。しかし内側から鍵が掛かっている。

「ほらこっち！」

美佐の声で小屋の裏に回ると、雨曝しでくたびれたコンクリの壁と鉄柵との間に挟まるようにして一つの箱があった。よく魚屋さんの店頭で見かける、一抱え程の大きさをした発泡スチロール製の蓋付きのもので、蓋はガムテープでぐるぐる巻きに留めてある。

「……なんか、くさくない？」

美佐が眉をひそめて、二人だけしか居ないにもかかわらず、そっと和江に耳打ちをしてきた。言われてみるとこの一角だけ、微かではあるが何か生臭く鼻を衝く匂いがしている。和江もそれで少し戸惑ったが、中身を確かめる以外に選択肢がないとでもいうような確固とした足取りで美佐の前に出ると、そっと箱に近づいた。

「やめようよ、こわいじゃん。爆発物かもしれないよ？　お店の人、呼ぼうよ」

という美佐の制止を聞かずに、和江は発泡スチロールを取り巻くガムテープをはがし始めた。ぐるぐる巻きではあったが、貼られてからさほど時間の経ったものではなかったようで癒着も少なく、わりとスムーズに蓋が開いた。

「うえ」

　瞬間、今までの数倍の臭気が辺りを包んだ。こんなスカスカの古い箱でも、それなりに空気を遮断する力はあるんだ。和江はそう思うと同時にこの密閉をもってしてもあそこまでの怪音を響かせていた箱の中に存在する何かに、胸の隅をちくりと刺されるような恐怖を抱いた。しかしその恐怖を補って余りある好奇心はむしろ、和江の全身一杯にふくらみ、軽く刺されたくらいでは全く萎むことがなかった。

　和江の肩越しに覗き込んでいた美佐は準備なく臭気を吸い込んだせいかひどく咽せ、顔を後ろに向けてポケットからハンカチを取り出すと、鼻を押さえた。

　箱の中には、今時はあまり見ない黒いポリ袋――昔にゴミを出す時は決まってこれだったというタイプのもの――に包まれた何かが入っていた。薄い素材越しでもじっとりとした重さが伝わってきて、確実にただ事ではない、禍々しいものが入っていることが容易に想像できた。

「やだホント無理、ホントやめて」

　美佐は涙目になって、和江の腕をつかんだ。

「えー。だって、これで店の人に任したとしてさ、とんでもないものだったら、教えてくれないかもしれないよ。わかんないまま帰るほうが、怖くない？」

「……でも……」

和江はためらう美佐の腕を緩く払ってポリ袋の包みを持ち上げた。ビニール包みの口は縛られていなかった。摑んで持ち上げたそばから、中の物が粘るような質感を持って、糸を引きながら、ゴロ、ゴロゴロと白い箱の中に転がり出た。

薄い粘膜のように見える血にまみれた赤黒い塊が四つ。拳程の大きさだった。

臭気は一層強くなり、鼻を衝くといったような生易しいものではなく、そのせいで和江はこめかみに沁みるような痛みすら感じ始めていた。既に空気中で害を及ぼすほど攻撃性を持って舞うその匂いの中で和江は、恐怖でほぼ放心している美佐に尋ねた。

「……人の内臓って、いくつだっけ」

「……」

「足りないよねどう考えても……」

和江は五臓六腑、という四文字熟語を思い浮かべた。次に、世界史のテストに出た、エジプトのミイラを作る際に内臓を入れていたという四つの容器の名前を思い出そうとした。たしか動物だとか鳥だとかの顔が付いた神様の形をしているものだ。昔の人は何だって、バラバラにした内臓を動物の入れ物に入れたら甦るなんて考えたんだろう。

その時、内臓の一つがひくりと動いた。赤黒くぬれた肉塊は、数回脈打って後、くにゃりとアウトラインを変えた。塊はよく見ると四本の足が生えている。足のうちの二本を主に使って内臓はさらに発泡スチロールの箱の中を中心から右隅方向へ四、五センチ移動して、首、のようなものをゆらりと擡げた。擦れたスチロール樹脂に、足跡というのか、血濡れの跡ができた。

塊は、あの声で啼いた。

巨大ゴリラと間違えるほどの響きを持った声の主は、間違いなくこの赤黒い、小さく動く内臓のような塊だった。こんなに小さなものがビニールと発泡スチロールに閉じ込められながらなお、青空に響かんばかりに啼いていたんだ。

和江は耳だけでなく、全身がふるえたように感じた。今まで深く考えずにとった一連の自分の行動と、その結果である目の前の塊に、和江は今になって急に総毛立つような恐怖を感じた。

——死んじゃう。

そう考えるより早くその塊を手にとって、粘膜を指で拭った。ポケットからティッシュを出して包み、摩った。和江に摩られるままぐねぐね揺れる塊から、赤く染まった薄い紙越しに和江の掌へ染み込むように温度が伝わる。

「何これ……。ネコ？　ネズミ？」

和江の肩越しに、美佐が消え入りそうな声で訊く。顔のほとんどを覆うハンカチと前髪のすき間から、涙ぐんだ目で肉塊の動きを追っている。

「さあ……」

目まぐるしく事が起こっている間に、時間は二人が思っていたよりもずっと経っていた。

帰り道を少し外れた河原の草むらに、和江は拾った空き缶でごく浅い穴を掘り、動かなくなっていた三つの塊を静かに並べ、土をかけた。おそらくは、生きていた一匹と同じ生き物だった——もっともあの状態で生きていたほうが普通でないことだったのだろうが——。塗れていた粘膜状の血液は、母親のものだったのかもしれない。拭ってみて初めて、臍の緒がついたままの赤裸の生き物だと解った。生きていた一匹は、美佐の手の中でティッシュとスポーツタオルに包まれて、寝息を立てている。

「産まれてすぐに捨てられてたんだろうね」

「酷いけど、そのほうが大変じゃないだろうし、ねえ」

「これ、どうする？」

「仕方ないじゃん。うちに持って帰るよ」

和江は美佐から、生き物をタオルごと受け取った。

「大丈夫かな？　持って帰って」

「うん、すぐ死んじゃうかもしれないけど」

和江は家に帰ってからの親とのやり取りを想像し、少しだけ面倒だな、と溜息をついた。

七日め

ペットショップの棚に並んだピンク色をした缶の前で、洋子は眉根を寄せ考え込む。

三百グラムが八百円で、一キログラムが千六百円。値段は二つ分で、内容は三倍以上。暫く迷った末に結局、洋子は手を伸ばすと小さいほうの缶を取り、レジに向かった。

「大きいほうがお得だよ。かなり」

店の主人はレジ横の小さな水槽に居るミドリガメに餌を与えながら、先ほどまで散々悩んでいた洋子の迷いのタネをあっさり掘り返した。洋子はまたさっきと同じような表情で少し悩んで、それでも、

「これでいいです」

と言ってビニール製の手提げに入れてもらうと、会計を済ませ店を出た。

「……高梨？」

自分を呼ぶ声に、洋子は出てきたペットショップの入口を振り返った。会計をしたのだろう、茶色の紙袋を抱えた男子がいた。私服なので気が付くのに少し時間がかかったが、同じクラスで一緒に図書委員をしている井上だった。

「あれ、井上くん、この辺なんだ」

「ああ。県営A棟」

洋子は中学でも男女分け隔てなくたくさんの人と話すが、井上とはあまり言葉を交わすほうではなかった。外国のバンドの雑誌やハードカバーの本をよく読んでいる子で、暗い雰囲気ではないが、なんというか、昨日のバラエティ番組のタレントについて話しても乗ってこないタイプであった。だからその日、井上が洋子に、

「腹すかねえ？」

と誘ってきたのは、とても唐突で奇妙に思えた。

ペットショップのある商店街の、少し駅寄りにチェーンのドーナツ屋があった。そうして今、洋子は井上と向かいあってドーナツを食べている。あまり仲良くない相手と食事をするのはなんだか息苦しい感じがして、一緒にこの店に来たことをほんの少しだけ後悔した。

男子は、昼休みに友達と食事をしていて喋っていても、実際に物を食べている時はあまり話さない。それにひきかえ女子は食事中でもトイレでも関係なく会話が続く。さらに洋子の家は三人姉妹であったから、その状態は家でもずっと続いていた。夕食時には母と二人の姉が順番待ちもせずに一日の出来事を報告しあう。もちろんそこには洋子も加わる。だからこんなに静かな食事は、生まれてからこの十四年で初めてかもしれなかった。

井上の頼んだ四つのドーナツは、全てチョコの掛かったものだった。黙々と食べてアイスティーで流し込んだ後に、まだ二つ頼んだうちの一つも食べ終えていない洋子に話しかけた。

「なんか飼ってんの？」

「あ、うん、まあ。……井上くんも、大きい生きもの飼ってるんだ？」

四人掛けテーブルの洋子の横の席には、さっき買った缶が入ったビニール袋が置いてある。そして、井上の横の椅子には洋子の買ったものより遙かに大きい、米の五キロ袋ほどの紙袋が載っていた。

「ん……ニワトリ」

少しためらった井上の口から出た生き物の名前は、洋子が想像していた範囲のものではなかった。

「ニワトリ？……って、コケコッコーの？」

「ん、コケコッコーの」

我ながら間抜けな訊き方をしたと思ったが、それに対する井上の返事も相当間抜けだったため、少しだけ空気がほぐれた。

「なんだってニワトリなんて飼い始めたの」

「七夕祭り」

「え？　橋田駅のやつ」

「そう。うち団地だからペット駄目でさ、小学校の頃そこでヒヨコ買ってもらって」

「ああ、お祭りのヒヨコ。アレってちゃんと大人になるんだ」

「俺もそう思った。最初」

井上はそう言って少し笑った。下唇の内側にチョコがこびりついている。

「大丈夫なの、団地でニワトリなんか飼って」

「うーん、まあ朝少し鳴くけど、今のところ何も言われてない」

「散歩とかさせるの」

「いや、つれて歩くとかはしねえけど。……ベランダで飼ってるから、たまに脱走する」

「脱走？」

今まで背もたれに体を預けていた井上が、テーブルに身を乗り出して言った。

「うん。……知ってる？　ニワトリって、飛ぶんだぜ」

「嘘、アレ飛ぶの？」

「そう、俺も最初、ビックリしたんだけど」

そう言うと、井上はテーブルの上にあるアイスティーの入ったグラスの縁に、人差し指と中指を揃えて付ける。

「ここが、ベランダの手すりだとすんじゃん」

二本の指をグラスの縁から離すと、軽くパタパタさせながら斜め下のテーブルの上に着地させた。

「こんな感じで、下がってくみたいに飛ぶ」

「……それって、飛ぶって言うの？」

「でも三階だぜ、ウチ」

「三階？　戻る時とか、どうするの？」

「歩いて、階段昇ってくんの。三階まで来て、俺んちの前に座ってドア開くの待ってる」

「まじで？」

「まじで」

「それひょっとして、凄(すご)く頭いいんじゃないの」

「んだけど、風の強い日はだめなんだよ」

「飛べないの？」

「逆、逆。煽(あお)られすぎて遠いトコに降りちゃうみたいで、迷う」

「戻れないんだ」

「団地って同じ造りの建てもんばっかだから、他の棟(とう)の三階の、俺んちと同じ場所の扉の前で待ってるんだよ」

「どうすんのそれ」

「その人んちから電話掛かってくるんだウチに。お宅のトリちゃん、また来てますよーって。で、俺とか母ちゃんとかが迎えに行くの。すんませーんって」

今洋子の目の前に居る、少しすました少年がニワトリを抱えて団地の間を歩いて帰宅する。

それを想像しただけで無性におかしくなった。しかしここで笑いすぎるのもな、と考えて少し微笑むぐらいにとどめた。

「で、高梨んちは何飼ってんの。なんかの赤ん坊だろ」

なんで私の買ったものを知っているんだろう。ビニールに入ったペット用の缶ミルクを横目で見ながら洋子は戸惑った。

「え、うん、犬」

「なんでデカイほう買わなかったの」

そうか、レジの後ろに居ただろう井上が自分の買った物を知っていてもおかしくないか。洋子は今になって気が付いた。

「なんか、死んだら無駄になるかなー……なんて」

少し笑いながら洋子が言った言葉で、井上との空気がまた少し凝ったようになった。その変化に気付いて、洋子は慌てて付け足す。

「あ、お姉ちゃんたちが拾ってきた犬の赤ちゃんなんだけど、なんかまだ虫みたいに小さくて。他にいた子も全部死んじゃってたみたいで。だから、まあ……」

「へえ。……そいつ凄えな」

「え？　あ、そうなの。声とか大きくって。三時間おきとかにミルクあげてるんだけど。……あ、そうか。もうそろそろ……」

洋子は時計を見た。ミルクが足りないことに気付いてペットショップに来て、今からゆっくりでも戻ればちょうど三時間ぐらいだろう。洋子と井上は店を出た。道を分かれてそれぞれの家に帰る時、井上が声を掛けた。

「なあ、高梨」

振り向くと、夕暮れの中で井上は右手を上げて、指を二本揃えて頭の上で一回振った。その妙に気取った挨拶と、左手に抱えたニワトリの餌袋がちぐはぐに見えた。

「飼ってる生き物って、意外に死なねえぜ」

次の日からも相変わらず洋子はあまり井上と話さなかった。全く意識していないと言ったら嘘になるかもしれないが、気になるというよりも、やはり井上の若干(じゃっかん)格好をつけた感じがやりにくいというのが、正直なところだった。

次の月、洋子がペットショップから出て来た時に、

「たかなしー」

と、この間とは打って変わって調子はずれに明るい声を掛けてきた井上は、自転車に乗り片耳だけイヤフォンをしていた。そして、

「ほら、あんときデカイほう買っときゃ良かったじゃんか」

とやはり気取ったように言って笑いながら去って行ってしまった。

四年め

新しくて広いほうと、古くて狭いほうの二種類の学食があった。

新しいほうはパスタのセットが美味しかったのに対して、古いほうの麺類はおよそ全て茹ですぎで軟らかい。そのうえ冷水機は錆の味がしたし、新しいほうが古いほうに合わせているから当然ではあるのだが、値段もほぼ同じだった。ただ、古いほうは夜七時まで開いている。

和江が古いほうの学食へ入った時には日も暮れてしまってほとんどの学生が帰った後で、だから恭介の居場所がすぐ解った。

四人用の四角いテーブル一面にレポート用紙や資料を広げ、何やらグシャグシャと文字か図形か解らないものを書き込んでいる。丸めたり破られたりしたものもテーブルの上に散らかっていた。こんなしっちゃかめっちゃかで、よくもどれが失敗でどれがうまく書けているのか判断がつくもんだ。これなら、古代の象形文字のほうがまだ意味が解り易い気がする、と、和江はいつも思う。

「アパート帰って書けばいいじゃん。近いんだし」

和江が声を掛けても恭介は無反応だった。テーブルの端には昼に食べたままなのだろう、楕円の皿が置いてある。皿の端には恐ろしく乾いたカレーが一口分残っていた。こんなになったら洗うほうも大変なのに。

和江は黙ってその皿を下げ台に片付けに行った。戻ってきた和江に向かって、

「まだ残ってたのにー」

恭介は顔を上げて抗議したが、

「え、まさかアレ食べようとしてたの。嘘でしょ」

と言った和江の眉間のシワに気圧されて再び下を向いてしまった。

二人とも同じゼミの研究生だが、恭介のほうは授業にほとんど顔を出さない。大学に居る時はたいてい演劇部の稽古だとか打ち上げのようなイベントが有る時で、今日は配役の打ち合わせだと言っていた。問題は今、この時点でまだ恭介の脚本が全くできていないことのようだ。頬杖をついてみたり頭をグシャグシャやってみたり、資料のコピーを眺めてみたりしている。

和江は向かいに座ってそれを眺めていた。恭介と付き合い始めたのは、これという決まった日からのことではなかったが、和江の認識ではおそらく一年半は過ぎている。

「あれ」

和江は資料の一枚を拾い上げた。それは古い犬の写真とロシア語のテキストが印刷された記事のコピーで、狭い機械の中にすっぽりとはまってこちらを向いている犬の写真を、和江

はしげしげ眺めた。

「なにこれ」

「今度の芝居、宇宙ものにしようと思ってるんだよ。なんで？　それ気になる？」

「や、似てるから」

「何に？」

「ウチの犬。顔も体も。耳の先だけ垂れてるのとか、顔の真ん中の白い線がずれてるとこも。ウチの犬の写真かと思った」

「へえ。あ、そうだそうだ。カズに訊こうと思ってたんだ」

「何」

「親に黙って、拾った犬隠して育てようとしたって言ってたじゃん」

「うん、四年前、かな。……そんなこと言ったっけ」

「言った言った。多分新歓で言ってた。実際さ、どのくらいでバレるもんなわけ？」

「たしか三十分くらい」

「短い」

「すぐばれるよ。だって鳴くもん。うちの特に声でかいし」

「そっかー。……うーん」

再び恭介は腕組みをしてテーブルに顎を載せた。

恭介は和江と付き合い始めた頃には既に演劇部で脚本を書くことに大学生活のほとんどを費やしていて、単位が卒業に足りそうだとわかってからは授業にも出ていない。一年浪人し、三回生を二度しているので、二歳年上だった。本ばっかり読んで、運動なんてどんなに上機嫌になってもしないのに、感心するぐらい細く背が高い。恭介が猫背を丸め、一字一句が巧くいかないと言ってはこの世の終わりみたいに大袈裟に頭を抱えているのを見ると、和江はいつも、なんだかんだ言っても結局日本はまだ平和なんだと実感する。

「なんで。そのことが何か脚本に関係あるの？　ていうか、なんで犬で宇宙なの」

しばらく間があって、恭介はわざとらしいほどバチバチと瞬きをしながら言った。

「え、知ってて写真見てたんじゃないの」

「さっきの犬？」

「うん、宇宙に行った犬。すげえ有名なんだけど」

「知らないよ、そんなの」

和江の言葉尻に少しばかり不機嫌そうな気配を感じた恭介は、話を逸らして続けた。

「今考えてるのが……犬をさ、むかし実験動物っていうかそんな感じで片道燃料だけ積んでばんばん宇宙にすっ飛ばしてた時代があるんだけど、犬好きのエンジニアがこっそり、小さいカプセル状の脱出ポッドをロケットん中に仕込んでたっていう設定で」

「へえ」

「で、他の星に着いた犬がさ、その星の子供に拾われるんだけど、あ、その星はアレな、犬が居ない世界で、だから、まあなんていうか、子供たちは適応力が無くて弱りやすい、知らない生き物を手探りで飼うんだけど、ばれて、生物サンプルとして欲しがる大人たちがいて、それから守りながら、帰すための宇宙船を作って……ああ～」

「どうしたの」

「ハッピーエンドがいいんだよ。ハッピーエンドに、したい」

「すりゃいいじゃん」

「何がハッピーエンドなんだろうって考え始めちゃったら、なんか解んなくなってきて……あーもう、って」

「ふーん」

「なあ、カズはどういうんがハッピーエンドだと思う?」

和江は早く帰りたかった。学食にはもう二人しか居ない。いつも唐揚げを揚げているおばちゃんが、他のテーブルを拭いて回りながらこちらに視線で圧力をかける。

「……犬が長生きして、それで死ぬことかなあ」

「故郷の星に帰れなくっても? 生物サンプルとして不自由になっても?」

和江はそれほど考えることなく答えた。

「そりゃそうだよ。かぐや姫もE.T.も、帰ろうが帰るまいが長生きして死ぬならそれが幸せだと……少なくとも私はそう思うよ」

とうとう唐揚げのおばちゃんが申し訳なさそうに二人に声を掛けた。散らばった資料をファイルに収めながら恭介は、

「長生きして死ぬ。かー」

とつぶやいた。

「まあ、芝居にはならないよね」

と和江は笑った。

七年め

陽一（よういち）の連れてきた犬は、目脂（めやに）だらけの顔でニカっと笑った。少なくとも美佐の眼にはそう映った。

「ごめんな。こんな犬、もう誰にも預けたりできなくてさ」

「大丈夫。実家の犬も体弱いっていうか、結構特殊な体質だし、そういうの、慣れてるし。……それよりも大変なんでしょう、お母さんは平気なの？」

「うーん。婆ちゃんの調子があんまり良くないらしい。疲れてることは疲れてる」

「そっか」

陽一の祖母が倒れたのは二か月前で、以来寝たきりの状態が続いていた。経過は芳しくなく再び起きられるようになるのはかなり難しいとのことらしい。現在は陽一の母がデイサービスの補助を受けつつ介護していた。しかし実のところ、陽一の実家にはずっと前から〝要介護〟の生き物がいる。シー・ズー犬のペス、御年十八歳のオスだった。

　ペスを引き取ってうちで飼おうと陽一に言われた時、美佐は少しも悩むことなく提案を受け入れた。一緒に住んで半年近くの間、特別な我儘も言わずに家の仕事も半分あるいはそれ以上やってくれている陽一の頼みだったし、美佐は動物嫌いでは無かった。

　ケージから出されたペスは、サポーターで固定された後ろ足を踏ん張って歩き出す。おぼつかない足取りで、右によろけ、左へまろび、フローリングの廊下でカシャカシャと爪音を立てた。ゆらゆら揺れながら、それでも鼻先だけは前へ前へと伸びている。

「かわいそう。抱っこして連れてってあげようよ」

「待って。一日に少しでも歩かせて、筋肉が弱らないようにしないといけないから」

　暫くそうしてから陽一はゆっくりペスを抱き上げると、トイレシートを敷き詰めたケージの中へ降ろした。ペスは足元や柵の匂いをかいだ。鼻のついた場所には、顔の脂というか膿というかの、薄飴色をした汁がついた。

　自分の居る場所の確認をした後、ペスはケージの隅にある、以前から愛用している丸い寝床の上に乗り、半回転してすっぽりと収まった。

美佐は陽一と顔を見合わせ、ほっと笑顔になる。

「うちに早く慣れてくれるといいけどね」

「ほんと、ごめんな。なるべく俺が面倒見るから」

美佐は笑顔で首を振り答えた。

「……心配なのは式の時だね。旅行中もペットホテルとか心配だから、お姉ちゃんか妹に頼めればいいんだけど」

「今日もこれから来んの？」

「うん、ペス見たいって、昨日メールで言ってたし」

「月に一回は来るよな。姉ちゃんと妹」

「……良くないかなそういうの」

「なんで、全然。ただ、仲いいよな」

「週末暇なんじゃないの。まあ私も暇だって言って、呼ぶんだけどさ」

「彼氏とか居ねえの？　二人とも」

「さあ……そういうの話さないから」

「じゃあ何話してるんだよ。いっつも、あんなに」

美佐は実家から電車で二駅の距離に、陽一と一緒に住んでいる。家賃が安く広いのと、職場から電車一本だという理由で借りた陽一の部屋に、美佐が後から住み始めた。

近いんだから実家に居なさいと言って最初はいい顔をしなかった母親も、半年後には籍を入れるという約束があったことと、あらかじめ生活態度を見定めたいという美佐の言葉にしぶしぶ説得されて了解した。

和江と洋子は美佐の家に向かう時に、商店街のケーキ店に入りシュークリームを四個買っていく。二人が美佐の家に行く時の決まりだった。

「美佐ネェは、ホントに陽一さんと結婚すんのかなあ」

行く道すがら、洋子は和江に向かって声を掛けた。

「するんじゃないの？　一緒に住んでるし、うちにも結構きてるし、式場も下見してるみたいなこと言ってるし」

「私だったら、あんな人、微妙だなあ」

「なんで。いい人じゃん」

「背、ちっちゃいし。あとさ、アレ、絶対近い将来ハゲるよ。なんかそういうオデコしてるもん。私そういうのなんでかよくわかるんだ」

「なんでわかんのよ。いいんじゃないの。美佐のほうだってあんまり背、高くないし。丁度いいんじゃないの」

「嫌だよー。チビとハゲって、同じ漢字で書くんだよ。知ってた？」

洋子は歩道の縁石に乗って渡りながら、空中に指で『禿』と書いた。

「へえ」

「それと、前、陽一さんにうちの家族の写真見せた時のこと、覚えてる？」

「そんなことあったっけ」

「その時に陽一さん、『面白いワンちゃんですね、どこかの国の輸入種ですか？』って訊いてきて、お父さんが『雑種です』って答えたら、『そうなんですか、ごめんなさい』なんて言って、それで話変えてごまかしてんの」

「だからなんなのよ」

「雑種だったからゴメンナサイなんて、馬鹿にしてる気がしない？」

「考えすぎだって。イタリア人ですかって訊いて、フランス人だったら一応謝るじゃん」

「そんなもの？」

「そんなものだよ」

二人が美佐の家に着くと、ペスは寝息を立てていた。

「なんだ、毛も艶々でちゃんとしてるじゃん。もっとグジャグジャかと思った」

「そうなの。吠えないし結構いい子だよ。ペット可とはいえ鳴き声とか少し気にしてたから、良かった」

美佐はシュークリームを皿に並べ、コーヒーを淹れながら言った。さすがに大勢でケージを覗き込んだせいか、ペスは目を覚まして上を見た。

「おお、起きた。さすがに顔はベソベソだねえ。拭いてあげたくなっちゃうね」

「ダメダメ。頻繁にぬぐうとね、鼻の粘膜ごとずる剝けちゃうんだって。たまーに、消毒しながらゆっくり押さえるように拭くんだって」

「へえ、犬の介護ってなんか、凄いね」

洋子はケージの縁に顎を載せてしみじみ言った。

「比べたらアレだけどさ、人間の場合は働いてくれていた人っていうか、そういう社会で活躍した人を介護するわけだから、必要なのはわかるけど」

「お金払って買って、子供の頃から世話しっぱなしでさらに介護だもんねえ。うちのもまあ、ずっと介護しているみたいなもんだけど」

和江がペスの首の後ろ辺りを触った。ペスは心地よさそうに顎を上げる。

「なんか、笑ってるみたいだね。顔」

「私も最初そう思ったー」

と、美佐はシュークリームの入った皿をリビングに運ぶ。丸まったまま姉妹を見上げて尻尾をぺたぺたと振るペスを眺めていて、洋子がつぶやいた。

「……なんかさ、よく考えたらペスって変わった名前だよね」

「あー、そういえば、犬以外にあんまり聞かない名前かも。あ、シュークリーム、二つは抹茶だから」

「私抹茶がいい。でしょ？　しかも、コロコロだからコロとか、白いからシロとか」

「小さかったからチビとかね。私はカスタードでいいや」

「そうそう、そういうのって理由わかるじゃん。ペスって何」

「あと、ショコラとかクッキーって名前も、他に何か意味のある言葉だったりするし」

「ペスってなんなんだろうね。ペス、ペスって……。ペス……」

なんだかおかしくなったのか、三人は笑い始めた。姉妹が集まるといつもこんな調子で、陽一は置いてけぼりな気分になる。

「……あ、あの」

ケージに手を掛けて笑っていた三人が、一斉に陽一のほうを見る。

「高梨家のワンちゃん、名前はなんて言うんですか？」

せーので揃えたわけでもないのに、三姉妹は同じタイミングで口を開いた。

「うどん」

十一年め

真っ暗なワンルームのアパート。その中心で、割り箸を摑み膝を抱えた和江は、息を潜め耳を澄ませる。しばらくして、ゆっくり少しずつ、にじるように右側の壁に寄った。そしてまたしばらく同じように息を潜め、少ししてさらに後ろへ移動した。そして再び沈黙。

（ここだ！）

確信のもとに雑誌をどけると、そこに沢蟹が居た。

沢蟹は突然の環境変化に一瞬戸惑い、その隙をつくように和江の持った割り箸がその胴体を捉えた。白木の棒に挟まれた先でそれは全ての足をこれでもかと動かしたが、今更のことで宙を掻くばかりだった。

「ああもう。逃げたって干からびて死ぬだけなのに。バカだねえ」

一人暮らしですっかり板についた独り言を口にしながら、和江は沢蟹を金魚鉢へ戻した。

金魚鉢にはあと一匹の沢蟹が居て、ボチャンと乱暴に戻された脱走者を慌て姿で迎えた。

和江が転職をして一人暮らしを始めたのは五か月前で、引っ越しをして初めてスーパーに入った時に、沢蟹は一パック八匹入りで〝唐揚げ用〟と書かれ売られていた。二百五十円だった。半分の四匹はすでに動かなくなっていたので、残り半分を口を切ったペットボトルに入れて飼い始めた。

スルメでもパン粉でもよく食べて、餌の予感がすると寄って来るほどになり、それなりに可愛かったのだが何せ脱走がひどい。蓋を付けてテープで留めて、それでも職場から帰ると全員居ないなんてこともあった。最近は金魚鉢を買ったので少しはましになったが、それでも一匹二匹はしばしば脱走し、ついには二匹が、完全に行方不明になった。

和江のほうも慣れたもので、居ないとわかればまず電気という電気を消し、冷蔵庫のプラグを抜く。蛍光灯や冷蔵庫の微かな電子音さえも無い状態で耳を澄ましていると、大抵前後左右のどこかからカサリと音がするので、そのほうに寄ってまたじっとしていると、同じように音がする。こうして部屋を二分の一、四分の一、八分の一と追い詰めていくと、その頃には和江の目も暗闇に慣れ、かなりの高確率で短時間に脱走者を発見することができるのだ。

脱走者は足先に埃を纏わせ、鉢の底で不満気に揺れている。和江がそれを眺めていると携帯が鳴った。洋子からだった。どうしたのだろう、よっぽどのことがない限り、メールもろくによこさなくなった妹が電話なんて。

「もしもし」

「おねえちゃん、今、大丈夫？」

洋子の声は若干低く、言い回しにちょっとばかり深刻な感じが漂っていた。

「うん、何？」

「今、病院に居るんだけど」

「え、なんで」

「うどんが」

「うどん？　じゃあ、斉藤さん？」

斉藤さんというのは、いつも行っている動物病院だった。髭を蓄えたインチキくさい先生がいつもうどんの名前と外見をからかう。

「ううん、斉藤さんこの時間もう終わっちゃってるから今駅前の病院来てる」

「どうしたの。発作？」

「うん、痙攣と、あと少し暴れた。今はもう平気で寝てるみたい。問題ないって。骨も平気だって。すっごく太いらしいよ、うどんの骨」

「どっかぶつけたの」

「てゆうかさあ。聞いてよ。違うんだよ。お母さんが踏んだの」

「踏んだ？　うどんを？」

「そう。信じらんないよ。リビングで練習とか言って」

「なんの練習よ」

「ムーンウォーク」

「へ？」

「なんか、ムーンウォークやりたいとか言って練習し始めたらしくって、よろけてうどん踏んじゃったんだよ。思いっきり。もう最悪。まあ、骨にも異常無いみたいだし、最初パニックになってたけど、今落ち着いてるし大丈夫。じゃあね」

「え、ちょっと待って本当に平気なの。てかなんでムーンウォーク」

「うん。イライラしたから電話しちゃった。ごめん。じゃあね」

「あ、うん」

「今度帰ってきたらお母さんに注意しといてよ。お姉ちゃんからも」

「……わかった。……じゃあ」

「うん、風邪(かぜ)はやってるみたいだから気をつけて。今日寒いし。じゃあね」

電話が切れると、アパートが今までよりずっと静かだったことに気がついて和江は冷蔵庫のプラグを入れた。ブン、と部屋に微(かす)かな音がひびいた。

扉から牛乳を出してコップに注ぎ、冷蔵庫にパックをしまうとコップを持ってベッドに腰掛けた。まだ何か寂しい感じがして、リモコンでFMラジオをつけると、全くの偶然で「スムースクリミナル」が流れだした。和江は、

(よりによって)

と声を出さずに笑った。牛乳を飲みながら、さっき蟹の隠れ家になっていた雑誌を取り上げて開くが、どのページに書いてあることもムーンウォークで飼い犬を踏み潰す母の破壊的な面白さに敵(かな)うはずがない気がして、和江は雑誌を閉じるとベッド横のテーブルに置いた。テーブルの金魚鉢で、脱走したほうの蟹から空気の泡が一粒昇った。

十五年め

越後湯沢から富山へ向かう〈はくたか〉は、毎年この時期同じようにダイヤが乱れる。大雪のせいだ。

「やっぱり車でお父さんたちと行けば良かったんじゃないの」

「大丈夫でしょう。読経に間に合わないってことは無いはずだから」

ドアが閉まったものの一向に動こうとしない列車のボックスシートに座り、洋子は携帯を開きながら答えた。圏外だった。だがそもそもこんな運行状況では、路線の検索も時刻表サイトも役に立たないと思えた。少しだけ苛立った洋子は、携帯をパチンとたたんで言った。

「そもそもお姉ちゃんが仕事を抜けられないかも知れないって言うから、お父さん達が昨日のうちに車で行ったんでしょう。チケットだって、取るの急だと大変なんだよ」

「だってしょうがないじゃない。この時期に休み取れただけでも凄いことなんだから。美佐だって来れなかったんだから私が行けなくっても問題ないでしょ」

「美佐ネェはもう高梨家じゃないもん。お姉ちゃんは長女なんだから」

「お母さんのほうのお婆ちゃんだから、高梨とか関係ないじゃん」

しばらくして列車は、雪の中を滑りだすようにホームから離れた。

運行が再開してからも〈はくたか〉は時に何もない場所で止まり、時にのろのろとだるそうに車体を引きずって動きながらそれでもなんとか昼前には富山駅に到着した。

ビルが立ち並ぶ栄えたターミナル駅は雪こそ降っていたものの、さすがに身動きが取れないということはなかった。バスも路面電車も普通に動いていたが、到着が遅れていたこともあって二人はタクシーを使った。

「ああ、和江ちゃん洋子ちゃん、こんな寒いがに大変だったねえ。ほらストーブ当たって、ゆっくりせられ」

すでに親戚一同の集まった古い鉄骨家屋では、やれビールの準備がどうだ、お饅頭の手配がどうだと見知った人たちがばたついていた。

「あ、おばさん、ありがとうございます。あの、お婆ちゃんは」

「ああ、ハツ乃さん、雄二さんのおる部屋におられるよ。お線香、あげてあげて」

台所の横を抜けてリビングに行く廊下の途中、障子を開けると小さな和室があり、部屋に余るほど立派な仏壇が造りつけられている。生前の祖母も親族も皆、この部屋を〝雄二さんのおる部屋〟といった。もう既に白木のすべすべした棺に収まった祖母が、祖父の遺影の前に横たわっていた。二人はその前に並んで座り、置かれていた蠟燭で線香に火をつけた。

「お棺、大きいね」

「婆ちゃん小さいのにね」

意味のあるような無いような会話をしていると、不意に後ろから声がした。

「あー、あんたたち、もう来てたんだ」

母親は、喪服の上からエプロンを付け、雑誌を束ねた大きな塊を抱えている。よたよたと部屋に入ってくると、大儀そうに二人の横に腰掛けた。

「意外と早かったじゃないの」

「うん、思ったより早く電車動いたよ。なんか手伝うことある？」

「あらかた片付いたから大丈夫。裕ちゃんとこのおばさんとね、整理してたのよ。お婆ちゃん物捨てないでしょう。大変よ」

息を鼻から漏らし、母が続ける。

「お爺ちゃん亡くなってから、ほとんど寝たきりだったもんねえ」

二人の祖父母、母の両親であるハツ乃と雄二は当時としては晩婚で、どちらも三十を過ぎていたそうだ。といっても十代の頃からずっと交際をしていたというから、今のような恋愛結婚とは少し質が違うだろう。雄二が亡くなった時のハツ乃の憔悴しきった様子は、和江も洋子もよく覚えている。

「秀美ちゃん、秀美ちゃん」

廊下のほうから母を呼ぶ声がしたので、和江は部屋の障子の下、ガラス張りの部分から声のしたほうを見た。

「裕ちゃんのおばさん。あ、お母さんこっち居ますー」

「あー、和ちゃん洋ちゃん、あらら、すっかりお姉さんになって」

「あ、ハイお久しぶりです」

「そうそう。これ、面白い物出てきたわーと思って」

朗らかで恰幅の良い裕ちゃんのおばさんから、一枚の写真が和江に手渡された。かなり傷んだ白黒のそれには、そう可愛くもないおかっぱ頭をした五、六歳ほどの少女が、ひどく大袈裟なフリルで飾られたブラウスを着て写っている。

「何、これ……」

周りの建物など印象が違ってはいるが、撮った場所はおそらくこの家の玄関だろう。少女は笑顔になるでもなく、手をしっかり横につけて〝気をつけ〟の姿勢で立っている。そこまではごくありふれた古いスナップなのだが、なぜかその少女の肩に鳥が止まっていた。

こう言うと、誰しも可愛らしい小鳥を思い浮かべそうなものだが、それはフクロウだった。休んでいる高さだけでも少女の上半身ほどあり、羽を広げたら間違いなく少女を摑んだまま飛んで行ってしまいそうに立派な猛禽は、無表情な少女に寄りそい目を細めていた。

「あら大将。懐かしい」

「そうそう大将。秀美ちゃんに良くなついてて」

和江はその小さな写真を裏返した。ボールペンで〝秀美　小学校入学　大将と〟と走り書きされている。

「何、お母さん、フクロウなんて飼ってたの」

「そうそう。大将、可愛かったのよー」

祖父の雄二は、戦争で南の島にいた時に、現地の人や他の兵士と仲良くやるための手段としてほんの少し嗜んでいた程度で、タバコも酒もほとんどのまなかった。雄二の隊が派遣されていた田舎の島は運良く農作物がわりあいに豊かで、攻撃も受けなかったため、飢えたり病気したりすることなく至極健康的な状態で戻ってきたそうだ。ハツ乃が残っていた富山市街地のほうが、大空襲を受けてよっぽど危機的状況だったらしい。

駐留時に島で見たオオトカゲの話や大蝙蝠の話を母は何度も聞かされたという。ただ雄二は少し乱暴なところがあって、まあそれは性分というよりもその時代の男に生まれていたら自然と身につくタイプの凶暴さの範疇だったかもしれない。戦後しばらく家の周りには泥棒やら野犬を避けるために罠をいくつか仕掛けていて、家に入ってきた仔猫なんかはハエたたきで殺した。

大将は、雄二の仕掛けたうちの一つの罠にかかっていたフクロウだった。だから母の「弱っていたフクロウを助けた」という自慢は、実のところそれほど大層な美談という訳でもない。母は思い出すように言った。

「ウチは貧乏じゃなかったけど、婆ちゃんが生き物をお金で買うのは良くないって主義の人だったから、オタマジャクシでもなんでも、自分で捕ったか拾うかしないとペットにできなかったからね」

ハツ乃は雄二とは逆で、かなり若いうちからタバコや酒を覚えた。小柄ではあったが派手顔で、学校などほとんど行っていなかったのに独学で英語や中国語を片言ながら覚えて話したという。そうして戦後は海外からの雑貨品だの、中国の漢方などを扱って商売をした。だから結婚も出産も当時にしては遅かったが、そのぶん娘である秀美はそこそこいい暮らしをしていたようだ。どの写真もかしこまった服を着て、頬がてかりパンと張っている。

富山弁で恋愛結婚のことを〝馴染み添い〟という。現在でも富山県は見合い結婚率が全国トップクラスという土地柄だから、いわんやその時代の馴染み添いと言ったら相当に珍しいことだったと親族皆が口を揃えた。さらにハツ乃と雄二の恋愛の始まりから結婚の間には戦争があったのだから、派手ではないにしても大恋愛であるのは間違いなかった。

葬式は拍子抜けするほどあっさりと終わった。しばらく寝たきりだったこともあって、皆の心の中の準備も少しずつ進んでいたのかもしれない。兄弟や子や孫たちは静かに悲しみ、その人生をねぎらった。

食事会もすみ、お寺の人たちが帰ると、親族だけが残った。

「お母さんたちはあと何日ぐらいいるの」

「そうね、お父さんの休みが週末まで取れたから、日曜まで居てもいいかなとは思うけど

「……」

「何か用事でもあるの」

「いや、うどんが」

「ああ、うどん。いいんじゃない。うちらでなんとかするよ」

「でも和江はすぐアパート帰るだろうし、洋子も仕事でしょう。昼間とか、心配だしねえ。……もう慣れたけど、つくづく生きものって面倒くさいねえ。何の役にも立たないのに、なんだかんだで手間がかかる」

母の溜息交じりの愚痴に和江が軽く反論する。

「役に立ってるかもわかんないじゃん」

「何の」

「うーん……地震とかなんか、地球の危機を予知する、とか」

「あんたたち、うどんがあんだけ暴れても、どこかに逃げようなんて思ったことある?」

和江と洋子は少し考え、同じタイミングで左右逆向きに首を振って、その後声を上げて笑った。

「まあ、あんたたちだって特別何の役に立ってるって訳じゃないしね」

「だって私たちは血が繋がってるんだもん。種の保存、だよ。犬は絶滅寸前って訳でもないのに」

と洋子がむくれて言うのを横で聞いていた裕ちゃんが思い出したように口を挟んだ。

「うどんって、あのワンちゃん？　和ちゃんの拾ってきたっていう」

裕ちゃんは二人の従姉妹で、和江の五歳年上だった。現在二番目の子供を身ごもっている。

「そう。もううちに来て十五年だもの」

三姉妹の成長や、祖父母の死、他のたくさん、全てをひっくるめてうんざりしたように母が応えた。

「ええー、もうそんなになる。和ちゃんも洋ちゃんも、大人になる訳だわ。それにしても、うどんちゃん、長生きで凄いねえ」

「雑種だからか、ねえ」

ストーブの横でコーヒーをすすりながら、和江が呟く。

「お姉ちゃんがすぐ死ぬっていうから、飼い始めたんだけどねえ」

携帯をいじって笑いながら、洋子は言った。その画面を裕ちゃんに向けて見せる。

「これ、うどん」

「わ、なにこの顔。なんか怒ってない？」

「カメラ向けると吼えるの。フラッシュとか苦手みたい。興奮するとしょっちゅう痙攣して暴れたり、口から泡吹いたりすることもあるの」

「え、それはなに、病気？」

「うーん、なんか、前に一回病院で診てもらったことあったよね。お母さん」

「そう。最初の頃はビックリして。調べてもらって、脳にちょっと水が溜まるとか遺伝子がどうとかって問題があるかもしれないって、言われたけど……。お母さんね、違うと思ってるの」

「は?」

いぶかしげな顔をする三人をゆっくりと見回して、それから母は真剣な顔で続けた。

「あの子は、母のぬくもりを知らないから……なんていうのかしら、PTSD? そういう不安みたいなものが、発作的に爆発してるんじゃないかって、思うのよ」

そう言い終えると、母は満足したように二、三度頷いた。少しして、周りの三人は同時に笑い出した。真剣な秀美の顔は、確かに数十年前、この玄関先でフクロウを肩に載せた少女の表情をしていた。

母は関西にある女子大学の卒業を記念し友達と二人でジャカルタに行った時、同僚と有給休暇を満喫していた父と出会った。意気投合して成田からそのままスーツケース一つで東京の父のアパートに転がり込み、あれよあれよという間に三人の娘を産んだ。

母は三姉妹を産む際、富山の両親にあまり相談をしなかったらしい。それは母の血液型がRh陰性という、病気ではないが若干珍しい体質だったせいで、相談したら反対されるかもしれないという気持ちがあったからだろう。和江は初産でも問題なかったが、美佐と洋子を出産する際、母は少しだけ人より長く入院した。それでも退院の時には立派に膨(ふく)れた女の赤ちゃんを抱えて得意気に帰宅してきた。今でもテレビドラマなんかで、産むか産まぬかと悩むシーンが出てくる時には、

「産んじゃえばいいのに」

とブラウン管のこちら側でホームパックのキットカットを食べながら女優さんに向かってアドバイスしている。


雪の日の富山は、夕方が来るのも早いように感じた。その日のうちに東京に戻るとなると、和江も洋子もあまり遅くまで居ることはできなかった。

「お世話様でした、おばさん。何かばたばたですみません。あと、美佐も本当は来たかったみたいなんですけど」

「大丈夫よ。美佐ちゃんは旦那さんのお祖母(ばあ)さまも大変な時なんだから。和ちゃんも、忙しいのねえ。忌引(きびき)もゆっくり取れないなんて」

「まあ、時期によるんですけど……」

「二人とも、頑張ってね。お母さんも疲れてるだろうから。支えてあげてね」

「はい」

「あと、お婿(むこ)さんも探さないと」

「あはは」

持たされた折り詰めやらお茶やら入った紙袋を提げて、二人は路面電車の駅に向かった。ビルと城の街に、静かに雪が降っている。和江は少し暗い気持ちで声に出した。

「まだ、電車遅れてるかな」

携帯をいじりながら洋子は答えた。

「まあ、これだけ降ってればねえ」

アスファルトに薄く、半透明に積もった雪は、足跡をつけるとごく簡単に地面が見える。ふいに洋子が立ち止まって、声を上げた。

「あ。きつね」

「え、嘘、どこどこ」

「やだ、違うよ。こんな街中に居るわけないでしょ」

たしかにいくら雪国とはいえ、こんなオフィスビルの立ち並ぶ駅前交差点に狐など居るはずがない。洋子は言葉を続けた。

「お婆ちゃんの話、思い出したの。狐が憑いた女の人の話」

「あー、なんかあったね。ちょっとだけ覚えてるかも」

「ねえ」

「ん？」

「うどん、狐が憑いてるのかなあ」

洋子の言葉で思い出し、和江はふっと笑顔になる。ハツ乃お婆ちゃんは怖い話をそれらしく話すのが大好きだった。日本だけでなく遠い国の妖怪の話や、実際に居た残忍な人殺しの話をしては、和江をはじめとする孫たちを怖がらせていた。

狐憑きの話も今となってはどうということのない話だが、当時は怖くて、その話を聞いた後しばらくは、近所のお稲荷(いなり)さんにいる細長い狐の像にも脅(おび)えていたものだ。

「狐憑きって、犬が苦手なんじゃなかった？」

「え、そうだっけ。お姉ちゃんよく覚えてんね」

　　狐憑きん娘(こ)よ　裸にひん剝いて
　　マグロのすり身塗ったくって
　　犬になめさせりゃあ
　　狐の怖がって抜けていくわいよぉ

「そもそも狐なんか憑いててあんなに長生きしてちゃ、世話ないよ」

和江はていねいにビニールで雪避(ゆきよ)けされた紙袋を、勢いよく前後に振って歩いた。

「嫌だお姉ちゃん、おこわが寄っちゃう」

洋子は口をとがらせた。

白い空から馬鹿みたいに落ちてくる富山の雪は、東京のそれとは大違いにさらさらで、和江が上を向いて口を開けていると舌の上でちりちり溶けて消えた。

この空の、くすんでいるのに明るい白さはなんだろう。

眺めているうち、白さの中を何かが飛んでいることに気づいた。それ自体も白かったからよく見ないと気づかない程のものだったが、眺めながら、何かに似ていると和江は思った。前に雑誌かテレビかで見たような気がする。

昔の映画に出てくる、平べったくって四角い宇宙船のようなものだった。ただただ四角いだけで翼もエンジンらしきものも見当たらない。箱はゆっくりと白い空を横切って浮いている。雪は箱の底面から降っているようだった。四角く白い胴体が削れて散り、雪に変わっている。

「発泡スチロールの箱、だ」

和江は言葉に出してしまってから慌てて辺りを見回した。駅からさほど離れていない交差点にもかかわらず通行人は和江と洋子しかいなかった。洋子は熱心に携帯を見ていて、和江の言葉はおろか上空のそれにさえも気づいていない。

和江は空に視線を戻した。近づいているのか、目が慣れたのか、さっきよりもずっと大きくなって空を覆っているように見えた。和江の頭上をゆっくり、鯨（くじら）を水底（みなそこ）から見上げるような感じで発泡スチロールの宇宙船は浮いて動く。と、底面の真ん中辺りが観音（かんのん）開きに小さく開いた。中からは人工的な光沢を持った黒色が覗いていて、水分を湛（たた）えているのか開いた場所から撓（たわ）んでいるみたいにせり出している。と、その黒が破れて出てきたのはカプセル状のものだった。四つ降りてきた。

　カプセルは卵の下だけを平らにした形で、パラシュートも無いのにゆっくりと空を舞っている。

　よく見ると卵形の上には何かが載っていた。動物だとか鳥だとかの頭の形をした、カプセルの蓋だった。地面に近づくにつれ、カプセルは人がちょうど入るような大きさであることが解った。

　カプセルはゆっくりと降りてきて、音もなく雪の上につくとそのうち三つの蓋が少しだけずれて開く。カプセル本体は見た目美しい曲線で光沢もあったので金属か樹脂製だと思っていたが、蓋のずれる音は石のそれだった。

　出てきたのは山犬というか狐というか、おそらくはそういった生き物であった。といっても狐なのは頭だけで、体は人間のものだ。腰に布を巻いた姿で、右手には、金属でできた武器にもなりそうな細い杖（つえ）、左手に同じような金属製の輪がついた十字架状のものを摑んでいる。三匹とも同じ格好だった。というより同じ生き物なのかもしれなかった。残りの開かないカプセルを、三匹は囲んでじっと見ている。

富山の雪の中、三匹の狐が立っているのを見て、まるで私たちみたいだ、と和江は思った。

「ああ、そっか」

瞬間、和江の周りに漂って浮く雪が一段階明るくなった。

和江は自分たちがうどんを拾い、必死で育ててきたことの理由が解った気がした。

産まれたての、血濡れの、ぐねぐねと動く生臭い肉塊。死んでしまうかも知れないという、総毛立つほどの恐怖。蟹や、フクロウ。養育、介護、老犬。散歩中の発作。水槽からの脱走。たくさんの〝何か〟を、食べるためにでも働かせるためにでもなく育ててきた。人間ではない、絶滅する心配のない生き物。食が細っては気をもみ、追っては捕まえた。今まで不思議に思わず、まともに考えてもみなかった理由だった。

いまごろ家ではたぶん、うどんが寝息を立てている。

シキ零（ゼロ）レイ零（ゼロ）　ミドリ荘

Malnova Domo

101号室　篠田のおっちゃん

「おっちゃん今までだまっとったけど実はな、ダイガクイン出て宇宙ヒコーシやってたんや。宇宙はええでー。ピッカピカや。緑と赤と黄色ときて、最後にピンクに光りよる。んでな、乙姫さんがぎょうさんおる。そらもうキレーな姉ちゃんや。スッケスケの羽衣巻いて、なんやキラキラの髪飾りつけて、宇宙をただよってまんのんや。おっちゃん今でも男前やけど、若い頃やったから宇宙の乙姫さんらにモテモテやってたん。そん中でも情の深い娘がおってなあ。その娘とまあ、ほら、あれや、お前ら子供にゃまあ、たぶんようわからんかも知れへんけどな、まあ、そういうこっちゃ。ほいでおっちゃんが宇宙での仕事終わって地球帰るいうときにその娘が泣いて泣いて。せつなかったわあ。ほんで地球に戻ってきたらまあ、ビックリしてもうてんけど、おっちゃん、いろんな魔法が使えるようになってもうてたんや。例えばな、マツイがバッターボックスに立つやろ、そんとき、なんちゅうかおっちゃんが『こら打つやろ』思うときは百パーセント打ちよるんや。それとこの信号な、おっちゃんがかけ声かけたら青にかわりよるで。三、二、一……えい！ ほら、ほらな。スゴいやろおっちゃん。これも乙姫さんからもろた能力や。な。ほら。ほな帰るで」

と言いながら胸を張り横断歩道を意気揚々と足を踏みならして十歩ほど進んだ篠田のおっちゃんは、リアタイヤを鳴らしながら全速で右折してきたスカイラインに撥ねられ見事に宙を舞った。

襟首がボロ雑巾のようにくたびれたTシャツは、撥ねられた衝撃で簡単に破れたようで、青い空に少し灰色がかった入道雲のようにふわりと空気をまとっておっちゃんの体から半分ほど剝がれた。

「飛んだなあ」

キイ坊が溜息混じりに声をあげた。ミドリも頷き、

「あの、すかいらーくの看板と同じくらい上がってたよ」

と腕組みをして感心した。

おっちゃんの撥ねられた交差点はそこそこ人通りのある場所だったため人だかりはすぐに二重三重と取り囲み、しばらくすると誰かが通報したのだろう、サイレンを鳴らして救急車がやってきた。青い空に赤いパトランプを照らしながら停まった救急車から出てきた何人かの隊員が、人だかりを退け実に手際よくおっちゃんを車輪付きの担架に載せ救急車に運び込

む。

バインダーに挟まった書類に何かを書き込みながら、男の一人がおっちゃんの横にいたミドリとキイ坊に声を掛けた。

「君たちのお父さん？」

二人はこれでもかとばかりに首を振った。

「じゃ、知ってる人？」

ミドリはこれにも首を振ろうとしたが、それより先にキイ坊が口を開いた。

「同じアパートに住んでるおじさんです。家族は多分……いないと思います」

結局、二人は篠田のおっちゃんと一緒に救急車に乗ることになった。車内のベッドの横にはベンチ状の座席が設えられていて、二人は並んで篠田のおっちゃんの横に付き添うような状態で座らされた。救急隊員はおっちゃんの耳元に「もしもーし」と声を掛けながら、おっちゃんの腕や指先に何かの器具を取り付けたり鋏で服を切ったり忙しそうだ。ミドリは自分の祖母がアパートの大家兼管理人であることと、祖母の連絡先を隊員に伝えた。篠田のおっちゃんは目を見開き、驚いた顔のまま瞬き一つせず固まってぴくりとも動かない。

と、おっちゃんのズボンを切っていた救急隊員は少し躊躇し、困り顔で一瞬ミドリとキイ坊を振り返って、おっちゃんの体に布をかけた。

「おっちゃん、死んでるのかな」

ミドリがぼそりと呟く。

「生きてるよ、たぶん、だって、あれ」

キイ坊の指さす先には、掛けられた布越しにおっちゃんの股間の屹立があった。

病院に着くやおっちゃんは寝そべったまま様々な機械の中を通り、管を取り付けられては再び外され、頭や胸に吸盤を貼り付けて引っぺがされるなどの検査をされた。おっちゃんの艶のあるおでこや見事なお腹には、かわいらしいピンクの水玉ができた。いくつもの検査を経るうち、おっちゃんは何の治療も受けていないのにみるみる顔色が戻り始め、最後の聴診器と問診が終わる頃には緊急医と明日の巨人戦について雑談をするほどに回復していた。

結局、レントゲンで足の骨折が見つかったものの脳や内臓に全く異常が無いということで一般の病室に運ばれ、ベッドの上に胡坐を掻いたおっちゃんは興奮気味に二人へまくし立てていた。

「いやあ、凄かったわあ。ほんま、びっくりや。こんなことあるんやなぁ。すかいらーくの看板がうんとうんと下に見えとったで。宇宙おったときのこと、思い出したわ。ほんま、あのスカイラインも運がええわ。おっちゃんが宇宙ヒコーシやなかったら今頃お陀仏や。即死やったで。おっちゃんやからこうして無事やったんや。ほんま、乙姫様々や」

暫くしてミドリの祖母が呆れ顔で病室にやってきた。おっちゃんの当座の洋服やらタオルやらを紙袋に詰め、手に提げている。

「篠田さん。いい加減にして頂戴。入院の間の家賃、どうしてくれるの」

「ほんなもん完全百パーセント相手方の支払いや」

「滞納分は」

「当然向こうさんが払いよるやろ。わしは今月頑張って頑張って、まとめて払おう思ててんのにこんななってしまったんやもん」

三人は同時に顔を顰めた。

おっちゃんの入院準備はアパートの大家兼管理人であるミドリの祖母が引き受ける羽目になった。面倒くさいという気持ちが明らかに透けて見える表情で、ミドリの祖母はミドリとキイ坊に二人で帰宅するよう言い残してナースステーションへ向かった。

「おっちゃん、本当に頑丈だなあ。魔法使いだとか宇宙行ったことあるってのも、嘘じゃない気がしてきた」

帰り道、そう呟くキイ坊をミドリは鼻で笑った。

「んなわけないじゃん。おっちゃん中卒だし。信号だって後ろ手に歩行者ボタン押してんの、ばれてないと思ってるのかね。幼稚園児相手ならともかく、うちら小四だよ？」

「でもマツイの打つのだって解るらしいじゃん」

「おっちゃんにマツイが打つこと予知する能力授けて、宇宙人になんのメリットがあるの」

「まあ、そうだけど」

土手に影が少しずつ伸びていく夕暮れを歩いて、見えてくるコンビニの角を曲がって坂を下りきると、生垣なのか丈の高い雑草なのか今ひとつ判然としない植物に囲まれた建物に着く。

壁に伝うツル性植物の奥、『ミドリ荘』というホーロー看板の付いた腐りかけの木造建築はミドリが生まれるずっと前からあって、ミドリの名前の由来でもあった。共同の玄関には鍵が付いているが、屋内廊下から入るそれぞれ個別の部屋に鍵は無い。盗まれる物がそもそも無いということと、洗濯物の取り込みや荷物の引き取りには何かと便利なためだ。

二人は廊下を歩き階段を軋ませながら二階へ上がった。二階の板張りの廊下も所々が腐っていて、朽ちた板の隙間から植物が小さい芽を出していたりする。以前ミドリの友達がこのアパートへ遊びに来た時に、

「ここ、二階なのに地面がある」

と驚いていた。

ミドリとキイ坊は隣同士だった。

「ミドリんちのばあちゃん、帰ってくるの遅くなるんじゃねえの。うちでメシくってけば。どうせカレーだろうけど」

ミドリが部屋に入ると、案の定コンロに載った鍋からはカレーの香りが漂っていた。

キイ坊は手際よく薬缶とカレー鍋を火に掛けた。冷蔵庫からお茶のペットボトルとタッパ

ーを取り出し蓋を開け、少し匂いを確認してから中のポテトサラダを小鉢によそった後、

「どんぐらい食べる？」

とミドリに声を掛けながら皿にジャーの白飯を盛り、椀にワカメスープの粉末を二つ用意した。お茶をコップにあけコタツに置いた頃、薬缶の湯が沸き、カレーが温まる。カレーを白飯に掛けスープと共に全てが食卓に並ぶ。玄関を入ってからおよそ八分だった。

「おっちゃん、本当に家族いないのかな」カレーをかき込みながらキイ坊が言った。

「どっかに娘がいるっておばあちゃんが言ってたけどね。基本、天涯孤独と考えていいんじゃないの」

「大阪に住んでたとか？」

「違う違う。アレ、あのインチキ関西弁だって、どこで覚えたんだか知らないけどデタラメ。おっちゃん川崎生まれの川崎育ちだもん」

「え、そうなの。訳ありで遠くから逃げてここに来たと思ってた。だって、あれ」

キイ坊はカレースプーンを持ったまま、反対の手の中指と小指をちょっと曲げて立てて見せた。

「うーん、前におっちゃんに訊いてみたことあるけど」

おっちゃんは二人と会った時には既に二つの指の先が無かった。

「まじ。勇気あるなあ。なんだって？」

「寝てる間に虫に喰われた、だって」ミドリは呆れた風に答えた。

「え、まじで」

「だーかーら、んなわけないじゃん。寝てる間に指喰う虫なんていたら日本中大騒ぎだよ。おっちゃんの言うことなんて九割九分九厘、作り話だから。ごちそうさま」

「おう、おそまつさま。でもさ、あれだけデタラメでっち上げられるのってある意味、才能だよな」

キイ坊は手際よく皿と椀を大きさ順にあわせ、重ねてキッチンに運んだ。ジャーの横に置かれた洗面器に食器類を全て突っ込み、両手で抱え持つと器用に肩で扉を開け廊下に出ながら部屋のほうを振り返り、

「あれ、ばあちゃん帰ってきてるみたいだけど」

とミドリに声を掛けた。ミドリが廊下に顔を出すと、確かに隣の扉が開いている。

「本当、じゃ、帰るわ。ありがとう、ママによろしく。暇な時はウチにも来なよ」

というミドリの言葉に、廊下の中央部にある共同の流し台へ洗面器を置き勢いよく水を出しながらキイ坊は苦笑した。

「暇なんてねえよ。お前と一緒にすんなよ」

「ふん。じゃ、また明日」

「おう」

102号室　グェンさん

殺風景な部屋にインテリアと呼べるものは殆どなかった。その年頃の女の人にはありえないくらい少ない衣類は半透明の衣装ケース一つきりで、中は殆どが黒か茶色、またはベージュのものだった。勉強のための教科書を除き、新聞や雑誌、書籍、パソコンやテレビ、ラジオすらない。窓辺には数少ない飾り物であるらしき小さな球体がある。球体には、リアルな目玉が一つだけ付いていた。隣にはカラー写真を白黒コピーした不鮮明な家族写真が「TOKYO」という立体ロゴの付いた写真立てに入っている。

ミドリはグェンさんとテーブル代わりの衣装ケースを挟んで向かい合わせに座り、グェンさんの実家から届いたピンク色をした海老味の揚げ菓子を食べている。

グェンさんはベトナムから介護の勉強をしに日本に来ている女学生で、とても礼儀正しく大変美しいアジア女性なのだが身長が二メートル近くある。二階に比べて十センチほど天井の高い一階を選んで越してきたもののそれでも足りないようで、グェンさんは立って歩く時、いつも右か左に首を傾けていた。どちらか一方に傾け続けていると首に良くないのか、日によって向きは違った。

「シノダサン　大丈夫デショウカ　家族イマセンカラ　心配シマス」

「あー、多分大丈夫だよ。見に行ったら解ると思うけど全然元気だから。家族なんか居ないほうがいいんじゃないの。ナースに好きなだけちょっかい出せるし」

グェンさんは口を押さえ品良くクックと笑って、

「神様ハ　強イ人ヲ選ビマシテ　試スコトヲ与エマスト言イマスカラ」

と言った。

「まーね、私だって、両親が必要かと言えばそうでもないタイプの子供だし」

ミドリが指に付いた菓子クズを払いつつ放った一言（ひとこと）でグェンさんの表情は見る見るうちに悲しげなものに変わり、

「ゴメンナサイ　ワタシ　悪イデスノコト　言イマシタ……」

と手で顔を覆い、祈るように天井を仰いだ。

グェンさんは日本にはあまりなじみのない宗教を信じていた。ミドリが最初、お土産（みやげ）の飾り物か何かだと思っていた目玉の球体が実は信仰のシンボルらしい。ミドリは一度だけ、その神様は何者なのかと訊いたことがあった。グェンさんの言うには、仏様とかキリスト様とか、ビーナスとかとにかく色んなものを混ぜて信じているらしい。

「悪いこと？　何それ？」

グェンさんは申し訳なさそうに、

「日本ノ言葉ガ　難シイデスト言イマスノハ　言イ訳デス。解リマセン言葉デモ　心ヲ遣（ツカ）イ

マスコト　大切デス。駄目デス。ワタシ」

と自嘲気味に笑った後、続けた。

「ガバマン　デスカラ」

「へ？」

「前ニ　シノダサンガ　教エマス頂キマシタ　大キクテ　細カイデナイ女ノ人ヲ　日本語デ〝ガバマン〟ト言イマスヨウデス」

「……その言葉、あんまり使わないほうがいいと思うよ」

ミドリはできる限り眉をひそめ、目を細めた。精一杯の〝ケーベツのまなざし〟を、自分の脳内に浮かんだおっちゃんに投げかけながら言った。

「言葉の意味は全然解らないけど、多分、すっごく、ロクでもない言葉だと思う」

「意味　解リマセンデモ　悪イデス言葉カドウカ　解リマスカ　ミドリサン」

「うん、なんとなくだけど」

「スゴイデスネ　ワタシ　意味解リマセンデス言葉ガ　良イデス言葉カ　悪イデス言葉カ解リマセン……」

再びグェンさんはうつむいた。ミドリは慌てて言葉を足した。

「私だってベトナム語じゃ解んないと思うけど、日本語だから、なんとなくってこと」

「ハイ……」

グェンさんはポケットから小さな手帳を取り出し背表紙についていた小さな鉛筆で、

『GABAMAN↓×』

とメモをして、またポケットに仕舞った。

103号室　タニムラ青年

ミドリ荘のトイレは一階と二階の端に一カ所ずつあり、それぞれ和式便器の個室が二つと男性用の小便器が一つある。表に鍵付きの共同玄関があるので外の人間は入れないはずだった。

「犯人は、住人の誰かってコトかなあ」

ミドリは腕組みをしながらキイ坊とタニムラ青年に向かって言った。

「うーん……」と唸(うな)るキイ坊の後に続いて、タニムラ青年が呟いた。

「そういうことになっちゃうんでしょうかね。考えたくはないですけど……」

一階のトイレの個室の壁には、黒ペンキで大きく、

【生きのこりたい】

と殴り書きがされていた。ペンキの色は未(いま)だ艶(つや)めいて生々しく、所々に垂(た)れたペンキの痕(あと)や跳ねジミもあった。

「なんでこんなこと、してしまったんでしょうかねえ」

がっくりと肩を落としたタニムラ青年は大学三年生だった。アルバイトをすることもなく、仕送りの大半を本につぎ込んでいるため部屋の壁の殆どが本棚で、最初二階に引っ越してきたのだが床が抜けるおそれが生じたので一階に引っ越し直すこととなった。しょげ返るタニムラ青年にミドリが言った。

「犯人がどうとか面倒くさいから、とりあえず貼り紙とか回覧だけまわしておいたらいいんだよ。ばあちゃんに言って、やっておいてもらうからさ」

「大家さんにそんな面倒は掛けられないよ。ただでさえ、すごく安く貸してもらってるんだし。管理費だって取られてないんだから」

タニムラ青年は他の住人より少しばかり安く借りているため、ミドリの祖母の手が回らない管理の手伝いを良くやっている。ゴミ捨て場の掃除だとか、廊下の蛍光灯の交換、トイレ掃除もタニムラ青年が率先して始めた仕事だった。

「ペンキ落とし剤、買ってくるよ……」

タニムラ青年はまるでこの世の終わりみたいにうな垂れたままトイレを出ていった。

「何もあんなに落ち込むことねえのに」

キイ坊は不思議で仕方ないといった風だった。ミドリは、

「自分が管理してた空間でこんなことがおきちゃったから、プライドっつーか、アイデンテ

イティにかかわって来るんじゃないの。そういう変な美学、私には全く理解できないけど」

と言ってペンキの匂いの充満したトイレを出た。

ミドリが家に戻ると祖母はテレビを見ながら缶ビールを飲んでいた。ミドリがトイレの落書きについて手短に報告すると、祖母は再放送のサスペンスドラマを邪魔されたせいか少し不機嫌な様子で、

「あら、ペンキの落書きなんて今に始まったことじゃないのに」

となんでもない風に言う。

「へ、なんだそうなの」

とミドリは軽く驚きながら冷蔵庫から麦茶のポットを出してグラスに注いだ。

「最近あんまり見ないなと思ってたんだけどねえ。ま、ここの人じゃないと思うから」

「だって玄関に鍵かかってるじゃん」

「こんなボロアパート、どんな所からだって入れるじゃない。今のところ壊されるとか燃やされるとかないから、いいかなと思ってたんだけど。廃墟だとでも思ってるのかしらね。失礼しちゃう」

「凄く落ち込んでたよ。タニムラ青年」

「あらら。悪いコトしちゃったね」

「ペンキ落とし買ってくるって出ていったから、教えにいってあげようかな」

「そうね。落とすっていうか、白く塗り直すためのペンキは古いけどまだ残ってると思うから。新しいの買うなんてもったいないよ」

ミドリはグラスの麦茶を一気に飲みきって、ポットを冷蔵庫に戻すと外に出た。

ホームセンターに向かう道、土手の斜面にタニムラ青年は座っていた。まだ買い物はしていないようだった。丸めた背中が非常に寂しげだったのでミドリは少し笑ってしまいそうになるのを堪えて青年の横に腰掛けた。

「コハウロンゴロンゴ」

ミドリが言葉を出すより先に、タニムラ青年が口を開いた。

「は？」

「イースター島、モアイ像のある島ですね。そこで昔、使われていた言葉です。現在はもう誰も読めないし、話せません」

「はあ」ミドリは気の抜けた相槌を打つ。青年は続けた。

「あと、よく『便所の落書き』っていうでしょう？　まあ、誰にも届かない、意味の無い戯れ言みたいな意味で」

「あー、まあ、公衆便所にもよくあるもんね。悪口とか」

「ええ……。だけど、例えば遺跡とか、世界遺産みたいな洞窟に描かれたもう誰にも読めないような文字や絵と、今回の『生きのこりたい』という言葉にいったい何の違いがあるんだろう、って考えると、実はそういう壁画も『便所の落書き』も実際の存在の意味なんかは同じなんじゃないかって……」

「あー……」

ミドリはまたか、と鼻を膨らませた。タニムラ青年はとても頭のいい好青年だが、しばしばよく解らないことをぶつぶつ言って自分の中で迷子になってしまうことがある。別に誰に迷惑を掛けることもないから、いつもは放っておいている。

しかし今回はきっかけがきっかけなので少し申し訳ない気持ちもあって、ミドリはペンキ落としが必要でない理由を簡単に話し、青年の腕を取りアパートに戻った。

トイレは既にミドリの祖母が白いペンキを使って落書きの始末を済ませていた。

「最近使ってなかったからペンキが結構固まっちゃってて、ちょっと足りなかった。まあ、これでもいいんじゃない。なんかカワイイし」

と言って満足そうに出て行ってしまった祖母の仕事は「り」と「た」と「い」を白く塗りつぶしただけのもので、壁には大きな、

【生きのこ】

という文字が残ったままだった。

201号室　エノキ氏

共同玄関で鳴らされる呼び鈴はミドリと祖母の住む管理人室に繋がっている。ミドリは鳴り響くベルに面倒くさそうな顔のまま条件反射的な駆け足で玄関へ降りていった。

タニムラ青年やグェンさんのこともあり、管理人室は上階に追いやられた。階段を駆け降りるのはさすがに祖母では億劫なため、呼び鈴にこたえるのは大抵ミドリの仕事だった。といっても、廃墟に間違われてしまう程の土に返る寸前のアパートに、そうそう来客なんて無いのだが。

ミドリが共同玄関の軋む戸を勢いつけて開けると、そこには困惑の表情で立ち尽くす宅配業者の制服を着た男がいた。ミドリが見たことの無い男だった。若いアルバイトらしい。

「あ、すいません。ここ、の、201号の……」

皆まで言うのを遮ってミドリは、彼の肩辺りの小さなポケットに挿さったボールペンを引き抜くと、彼の抱えた段ボール箱の上の伝票へ簡単にサインをして箱を受け取った。荷物は湿り気を帯びて重く、ミドリのお腹をひんやり冷たくした。伝票とボールペンを押しつけるように返した後、男ににっかと笑いかけ「おつかれさん」と言って開けた時と同様に勢いをつけてドアを閉める。

青年というには若干年の行っているエノキ氏は普段、殆どアパートの外に出ない。平日の仕事はもちろん、コンビニにすらめったに出かけることはない。それでも生活できている理由を誰も聞かない。株で儲けたのか、宝くじか。家賃の支払いが滞ったことはないのでミドリの祖母もエノキ氏の収入について干渉することはなかった。生活必需品の購入をほぼ通信販売で賄っているようで、たまに宅配業者が来る。外回りの営業も迷いこまないミドリ荘への来客は大抵エノキ氏宛ての宅配業者だった。

段ボール箱を抱えミドリは階段を上がる。二階の一番北側の部屋が２０１号室。箱を抱えたままミドリはつま先でドアを軽く蹴った。

「エノキさーん。クール便。置いとくよ」

ミドリは廊下へ荷物を置き戻ろうとしたが、それより先にドアが開いた。びっくりするほど白く細いエノキ氏は置かれた箱の横にしゃがみガムテープを剝がしにかかった。慌てすぎて力が入らないのか何度も指先を滑らせ、苛立って立方体の角からボール紙を引き毟る。クール用のため何重にもされている梱包を解くと箱の中には白い紙製のカップがいくつか入っていた。蓋の表面には洒落た金文字で英語がプリントしてある。

「――――(゜∀゜)――――!!!!」

エノキ氏は言葉遣いがとても独特で、日本語であるのは間違いないが意味がなんとなく解る程度に特徴的に崩れていた。

「あれはインターネットの仲間内で使う言葉ですよ」

と以前タニムラ青年はミドリに教えた。特定の掲示板などで使われている言葉らしい。エノキ氏は普通の生活でその言葉を使っていた。ただ不思議なことにエノキ氏の部屋にはパソコンが無い。そもそもミドリ荘にはインターネットをつなぐ個別の電話線も無ければ、携帯の電波も殆ど届かないのだ。

「なんででしょうね。漫画喫茶に出入りしている風でもないですし」

「そもそもどうやって注文してるんだろうね宅配便とか」

エノキ氏は箱の中のものを掴み暫く興奮して眺めていたが、ある小さな表記に気づいた。電気が走ったように立ち上がったエノキ氏は慌てて部屋の中に入り、クリップで留めた何枚かのプリントを掴んで出てきた。再びしゃがんだエノキ氏の手にあった紙をミドリも一緒に覗き込んだ。パソコンの画面をプリントアウトしたものらしい。ピンクのページには、『NANAにっき★』と丸い文字でタイトルが書かれていた。右側には小さなカレンダー、左には上目遣いの若い女性の顔写真、そして真ん中が文章になっている。ミドリの知識でも、ブログという日記サイトを印刷したものだというのが解った。

【○月○日　このアイス超おいしい!】

という記事には、目の前のものと同じパッケージデザインのアイスが写っていた。その画面の下には【今月いらっしゃるお客様〜、NANAの誕プレ、このアイスきぼん★】と書いである。

「これ、あげるの？　この人に」

ミドリに尋ねられてエノキ氏は震える指で顔写真の下の小さな文字を指した。【プロフィール／名前：NANA／所属：銀河のマーキュリー組♪／好きなもの：スイーツ／嫌いなもの：ゾンビと抹茶】

「あ、抹茶。だめじゃん」

ミドリの一言にエノキ氏は床に手をつきカクンと頭を垂れ、

「orz」

と呟いてから、這うようにして部屋に戻っていってしまった。

「アイス溶けちゃうよ」

ミドリが声を掛けると、暫くして部屋の中から、

「(゜⊿゜)」

と力無い声がしたので、ミドリは箱を抱えて自分の家に戻った。

ミドリが部屋に戻ると祖母が台所に立っていた。

「あら、何その箱」

「なんかエノキ氏が間違えて注文したみたいで、もらった」

ミドリの祖母は、アイスのカップをひとつ手にとって眺めた。

「へえ。ホテルのアイス。高そうなものじゃない」

「おいしそうだよ。抹茶しか無いけど。いっぱいあるからキイ坊とかグェンさんにも持ってこうか」

「そうだ、病室に冷蔵庫あったし篠田さんにも明日幾つか持ってってあげたら、お見舞いに」

「そうか。おっちゃん。存在を忘れてた」

202号室　キイ坊

キイ坊はたまに、東北弁のような少し抑揚（よくよう）を持った言葉を使う。

「あの根元に何があるか、ちょっと気になるんだ」

キイ坊の視線の先では、暮れ終わりの薄暗がりになった空の下へ丘が延びて、中腹か丘の向こう側かに、サーチライトが四本ゆらゆらと下から暗い雲を心許（こころもと）なげに照らしていた。

ライトはミドリが学校に通い始める前からあるもので、周りの大人たちがあの場所について話すことが無かったから特に気に留めていなかったが、言われてみると確かにあの根元には、何か近未来めいた秘密基地があってもおかしくない。キイ坊はあの根元がどうしても気になるらしい。

「今度学校終わってから見にいかね？　母ちゃんに言うと怒られるから、内緒で」

キイ坊の母は毎晩仕事で遅いので、サーチライト見物はミドリの祖母が芝居を見る会合の日に合わせた。

当日、午後の授業が終わってミドリが少し早めに駅に着き、コンビニでジュースを買って外に出ると、キイ坊が車道の反対側から来るのが見えた。

「おう。待たせた」

ミドリを見つけると、片手を悠々と挙げてキイ坊が言った。

駅前は明るかった。まだ点かないサーチライトのあるはずの丘の方向へ歩きだしてすぐ、キイ坊があることに気付いた。

「なんかやたら迷い犬の貼り紙が多くねえか」

気をつけて見ると商店の外壁、町内会の掲示板、電柱や消火器のボックスなどあらゆるところに様々な種類の貼り紙があった。全て飼い犬の行方を捜しているという内容の貼り紙で、写真付きのもの、子供の描いたイラスト付きのもの、下が切り取れる連絡先付きのものなど色々だった。

二人は駅前を抜け幹線道路の脇をかすめて丘の稜線に向かって進んだ。夕暮れが進み空の端が紫に光る頃、山肌の隙間から仄かに放射状のラインが立った。いつも見ているだけあって、方角は間違いなかった。道に街灯が減り足元を照らすのが車道を走る車のライトだけというなんとも心許ない状況になり、口数の減った二人はそれでも立ち止まることなく光の筋の根元を目指した。

ずいぶん歩いて、それは姿を現した。

「なんだぁ」

キイ坊は気の抜けた声を上げた。サーチライトの根元にあったのはＵＦＯの秘密基地でも巨大な武器工場でもなかった。大きくはあったが想像していたよりもずっと古臭いモルタルのビルの横っ面(つら)に、『セクシーサロン　銀河座』というネオンが張り付いていた。ネオンは緑、赤、黄色、ピンクの順に変化して最後二度点滅、の繰り返しだった。ビルの屋上から、サーチライトが仰々(ぎようぎよう)しく天に向かって伸びている。

もうすっかり暮れた丘の中腹にある通り沿いは、実際来てみるとコンビニもマンションもある、なんてことのない町だった。銀河座の入口扉はくたびれたビロード張りで、豆球(まめきゆう)に飾られた女の人の顔写真が並んでいる。ミドリはその一人に見覚えがあった。エノキ氏の持っていたブログに写っていた、高級アイスが好きな女だった。

具体的にではないにしても、二人はこの施設の存在理由をなんとなく把握していた。そして自分たちが期待しているようなワクワクする施設でないことも、解っていた。

と、ビロード張りのドアが開いた。「わ」と声をあげてキイ坊が身をかがめた。ミドリも一緒になって体を低くする。

ドアから出てきたのは篠田のおっちゃんだった。おっちゃんは足を引きずりながらヘラヘラと力無い笑顔でバス停のほうへ歩いていく。キイ坊は声をひそめた。

「おっちゃん、病院抜け出してこんなとこ来てたのかよ」

二人は同じように目を細めて〝ケーベツのまなざし〟になっていた。

「帰ろうぜ」

キイ坊の後についてミドリも振り向きかけた時、ビルの裏手側にある粗末なアルミ戸から寝巻のような薄いワンピース姿の女が出てきた。疲れた表情ではあったが確かにアイスの女だった。髪を上のほうで軽くまとめているのは、スパンコールでできた馬鹿みたいに大きい花の形の髪留めだった。

女はモルタルの壁に寄り掛かると、提げたポーチから手馴れた風に、古くさいデザインの紙製の小箱を取り出した。そうしてオレンジ色の箱から一本、タバコを摘み出して咥え火をつけた。

「何見てんだよ、エロ」

キイ坊が冷やかしたので、ミドリは我に返りキイ坊の後を追おうと振り返った。

眩しさを感じた。サーチライトの反射が目に入った。

ミドリが目を上げると、どこまでも続いている空だと思った丘の上を覆うものは反射材で包まれたような銀黒の球体だった。星に見えていたものは球体に反射した街の灯りだった。

銀の玉はミドリの見上げる空中に漂い浮いていた。つるんと丸く、巨大なパチンコ玉のようでも、北の海にいる巨大クラゲのようでもあった。

ミドリにつられて見上げるなり、キイ坊が叫んだ。

「レッド・ツェッペリン！」

「なに、それ」

ミドリはキイ坊に尋ねる。

巨大な塊（かたまり）が起こしているのか、丘は微（かす）かな地鳴りが響き、柔らかな風が吹き始めていた。

「知らねえ。なんか、そんな言葉聞いたことある気がしただけ」

「なに、それ」

もう一度ミドリは訊いた。地鳴りのようなものは少しだけ大きくなって、犬が無表情のまま静かに唸（うな）っている時のような音に変わっていた。ミドリはもう一度キイ坊に、

「言葉ってそんな適当に使っていいの」

と今度は少し非難めいた言葉を投げかけた。キイ坊は空の巨大な塊から目を離すことなく、

「そんなん、解んねえよー！」

と声を張り上げた。キイ坊の顔がくしゃくしゃになって、泣いているようだとミドリは思った。ミドリに向かって言ったのか、塊に向かって言ったのか、キイ坊自身もよく解ってないような言い方だった。その後、今度はミドリの方を向いて、

「意味、完全に解ってる言葉しか使っちゃいけねえなんて、誰が決めたんだよ」

と、いつものぼんやりした感じのない、きっぱりした口調で言った。

「まあ、そうだけど」

ミドリはまた、キイ坊の横顔から上空の塊に目を戻した。二人の見上げる顔が、銀色の球面に膨張(ぼうちょう)して映っていた。底面を丘にこすり付けんばかりの距離をゆっくり動いていたその塊は、少しずつ滑るようにして丘から離れていった。映った二人の姿がぐんぐんと小さくなっていくのを眺めていて初めて、二人は自分たちの少し離れた周りに夥(おびただ)しい数の犬たちが座っていたのに気がついた。球面には無数の犬の眼(め)が光っていた。

塊は銀色の光を散らかしたままやがて雲の隙間に消えていった。

204号室 王(ワン)さん

「そりゃキイちゃん時間遅いなるの駄目あるよ」

そう言って陽気に王さんはキイ坊の背中をぺちんと叩(たた)いた。サーチライトの探検で予定よりずっと時間をオーバーして母親と祖母にひどく叱られたキイ坊とミドリを、駅前モールのフードコートに連れてきてくれたのは王さんとグェンさんだった。キイ坊は王さんに背中を叩かれ少し咽(む)せた後、むくれてクリームソーダをすすった。

王さんは204号室に住む中国人で、もういいおばちゃんだがパンツの先っぽが見えそうなほど短くぴたぴたなスカートをいつもはいている。彼女は中国で知り合った妻子持ちの日本人男を追って来日し、略奪婚をした途端破局し、今は駅裏の歓楽街の隅にウサギ専用のペットショップを作り一人で経営している。犬や猫と違いマンションでも飼えて鳴かないため、水商売の女の子のあいだで流行っているのを知り、ビジネスになると閃いたらしい。実際、深夜営業をして急な餌切れにも対応可能な王さんのウサギショップはなかなか繁盛していた。

王さんは以前ミドリ荘でも白いウサギを飼っていたが、脱走して野良猫に襲われかけた事件があってからは店で飼うことにしていた。

「アリスちゃん、ミドリ荘の廊下の葉っぱ食べるのこと好きだったあるよ。お店に住むの替えることとしてラビットフードのことなかなか食べなかったある。大変だったのことある」

「ハイ……?」

「王さん、ウサギがエサ食べなくて困ったんだって」

「アア、ソウ」

王さんの言葉をミドリが簡単に言いなおし、グェンさんはなんだかピンとこない顔で相槌を打った。

ミドリ荘は今まで何人もの外国人が住んでいたが、現在は二人だけだ。海外から独りで来た女性同士のよしみでよく行動を共にする王さんとグェンさんは対照的だった。口数が多くて明るい、肥っていて背が低く派手な王さんと、どこかのんびりして無口、美人だが化粧気がなくとても背が高いグェンさん。

なにより、二人は同じ日本語を喋っているつもりだがお互いの言葉をほとんど理解していないようだった。ミドリやキイ坊のいるときには通訳ができるが、二人きりの時はどうしているんだろう、とミドリは思っていた。

「キイ坊サンオ母様　働キマス仕事　タクサンアリマス　キイ坊サン　タクサン心配シマス」

　グェンさんは諭すようにキイ坊に言った。

「まあ、解ってるんだけどさあ」

　ストローの先の、スプーン形になっている部分でアイスをつつきながらキイ坊はそれでも口を尖らせている。

「キイちゃんと母ちゃん、男と女のことあるから、最後のところで解り合えないのことあるよ」

　知った風に頷きながら、王さんはそう言ってアイスコーヒーの中の氷を口に流し込んでガリゴリ砕いた。

「そういう問題かなあ」

「そういう問題あるよ。ミドリちゃんのことは婆ちゃんも一緒の女のことあるから、言わなくても解るのこと、いっぱいあるよ」

「王さんはいっつも、男と女で片付けるんだもんな」

キイ坊はアイスとジュースの混ざったあたりを掬いながら言った。

「本当のこと、キイちゃん、夜、山でミドリちゃんとヤラシイのことしてたあるね」

「……そんなこと考えんの、王さんだけだよ」

「そんなことないある。キイちゃんの母ちゃんだって少し思うのことある。言わないだけのことある」

王さんは残りの氷を全て喉に流し込んで、一層音高く嚙み砕いた。グェンさんは曖昧な笑みを浮かべながらただその光景を眺めている。やはり全く会話内容を把握していない様子だった。

王さんは唐突に思い出して言った。

「そう、今度グェンちゃんとフラダンス踊るのことある」

「フラダンス？　ハワイの？」キイ坊が尋ねた。

「アアソウ　ハワイノ　オドルシマス」

「なんでまた」キイ坊の問いに王さんは得意気な口調で答えた。

「公民館で習って神社のお祭りで発表するのことある。スズランテープで衣装作るのことある」

「静電気で凄いことになると思うけど」

ミドリは氷だけになったグラスをかき混ぜながら言った。

101号室 篠田のおっちゃん×103号室 タニムラ青年

午前中だけの授業が終わってミドリとキイ坊が病院に立ち寄った時、ベッドの上にいる篠田のおっちゃんと、サイドに腰をかけたタニムラ青年が将棋をうっていた。暇をもて余したおっちゃんが、タニムラ青年に持って寄越（よこ）すよう言ったのだろう。えらく年季の入った将棋盤のマス目や駒（こま）の文字は所々薄れてきている。

「おう、よう来た。……ほいここや」

「あ、え、わあ」

青年は片手で頭を抱え、ぐるぐると髪をかきむしった。ミドリは、

「昼間からずいぶんと優雅ですねえ。お二人とも」

と毒づいてから、壁沿いの椅子に腰掛けた。キイ坊は置かれた洗濯物入りの手提げを摑んで少し嫌そうに中身を確認した。

「いつもすまんなあ。おおきに」

「ああ、そうですか、うーん、わあ」

タニムラ青年はまだ首を捻りながら何やらぶつくさ言っている。読書家で研究者肌の青年だが、普段から将棋に関しては篠田のおっちゃんが殆どといっていいくらい勝利する。タニムラ青年が弱いというより、篠田のおっちゃんが意外な程強いのだ。

「宇宙ヒコーシのクーカンニンシキ能力、やな。青年は平ぺったい紙に貼りついた文字ばっか読んどるから、まだまだ修行が足りひんのや」

　篠田のおっちゃんがカカカと得意気に笑った。

　いつものごとく意気消沈したタニムラ青年と一緒にミドリとキイ坊は病室を出た。

「あんなに毎回勝って面白いのかね、おっちゃん」

　タニムラ青年は、キイ坊の一言にダメージを受けて足を縺れさせ、土手の道をふらふらと進みながら言った。

「……こんなこと、僕が言っても負け犬の遠吠えになっちゃうかもしれないですけど……。篠田さんの腕前は本当に相当なものですよ。彼に敵うのはこの町内会でも『あの人』くらいじゃないですかね」

「あの人？」ミドリが青年を振り返った。

「名前は知らないんですけど、いつも商店街にある床屋さんの前のベンチで休んでるおじいちゃん居ますよね？　あの人にはもうずっと負けっぱなしだって篠田さん言ってました。昔は勝ってたらしいんですけど」

「あ、それおれも聞いたことある」キイ坊が声を上げる。ミドリは感心して言った。

「へえ。おっちゃんそんなに将棋好きなんだ」

「凄いですよ。あの盤も駒も相当使いこまれたものですし」

「そういやボロいもんね。字とかハゲてるし」

ミドリはおっちゃんのくたびれた将棋の駒を思い出した。

「うん、しかも、なんでしょう……穴があちこちに開いてるんですよ。小さい穴だから触れないと気づかない程度のものですけど。何か、画鋲跡みたいな……」

「新しく買わないのかね」キイ坊がぼんやりと言う。

「指が慣れてるんだそうですよ。ほら、篠田さん指先が」

「あ、そうか。新しいと滑ったりしてよくねーのかあ」

「多分ですけど、愛着もあるんだと思います。僕が来るまであの駒を眺めてぼんやりしてることも、よくありますから」

　帰宅すると祖母はまだ帰っていなかった。ミドリが午前授業だと言ってあったのでテーブルには稲荷寿司のパックが二つ置いてある。ミドリは隣室のキイ坊に声を掛けた。キイ坊は自分のところから粉末のお吸い物を二袋持ってやってきた。

「ミドリんとこはこれあるからいいよな」

　電気ポットから出るお湯を眺めてキイ坊がしみじみと言った。

「こないだクリスマスプレゼントで頼んだんだけど、却下された」

「ポットを?」ミドリが胡散くさげにキイ坊を見た。

「うん。もっと楽しいものにしろって」

「まあそりゃあ、子供っぽさはないよね」

「充分楽しいけどなあ。自動で湯が沸くんだぜ。コンロ空くし」

キイ坊は口を尖らせた。

稲荷寿司を食べ終わる頃ノックの音がした。タニムラ青年だった。片手に何やら古くさい大きな本を抱え、表情に若干の真剣さが漂っている。

タニムラ青年に連れられて二人はミドリ荘の階段下に作られた納戸へ入った。青年は手に抱えた本を足元に置いて納戸の天井板を数枚、両手を使って注意深く剝がした。無理なく剝がれたところをみると、板は簡単にはめ込まれただけだったようだ。青年は二人の目の前で板を裏返して見せた。板には溝が文様のように刻まれていた。

「これ……」

ミドリが言葉を続けるのを遮るようにして、青年が声をひそめて言った。

「この間、掃除の時に落ちてきたんですこの板。なんとなく見覚えがあるなとは思っていたんですけど」

青年は足元に置いていた本を取り出して納戸の傍で光にかざしつつページを繰った。

「ほら、ここです」

　青年の指差したのは、遺跡の写真入り解説文があるページだった。写真には目の前の板と同じような形をした木片に、言われればそう見えなくもない程度に似た雰囲気の文様が刻まれているものが写っていた。

「文様自体はずっと古代のものです。縄文とかそういった……それを江戸時代になって暗号として使っている集団があったということが書かれていて」

　次のページには、文様ごとに割り振られた文字や意味が図表で解説してあった。キイ坊が素っ頓狂な声をあげた。

「マジ？　このアパート縄文時代からあったのかよ⁉」

「違うよ、江戸時代でしょ」ミドリがぴしゃりと言った。

「まあ、江戸時代に建てたってこともさすがに無いと思います。建てるときに使った板がたまたま昔のものだったとか……」青年は言って考え込んだ。

「で、なんて書いてあるの」

　ミドリが解説図を覗き込みながら尋ねた。

「ええと。……ちゃんとした文章じゃないんですね。たぶん。途切れ途切れというか。『右』『山』『おんなの、子ども』『旗』『三つ、角』……」

「なんだ、ぜんぜん意味解んないじゃん」

ミドリが溜息をついた横で、ごくりと息をのむ音が聞こえた。キイ坊が、ミドリの右手方向の壁をじっと見ている。ミドリが視線を辿ってその場所を見ると、そこはトタンの壁があり『高尾山』と書かれたペナントが貼ってあった。

「三角形の、山の旗、女の子の、右側……」

「は？」

「ミドリさんの右にある山のペナント。まさしく……これですねえ……」

真剣な顔をして考え込むキイ坊とタニムラ青年に、ミドリは、

「いやいやいや、このペナントどう考えたって昭和のもんでしょ。てか方角ならまだしも右側って、何」

と声を上げたが、耳を貸すことなく二人は恐る恐るペナントに近づき、それを留める釘ピンを外し始めた。

「裏は空洞かもしれません」

トタンに開いていたピン穴からかすかに風が漏れているようだった。青年は近くに立てかけてあった箒の柄で数回、トタンの足元付近を小突くと簡単に壁がずれた。トタンの向こう側は空洞で、屈んで入れるほどの小穴が斜め下に延びている。足元は踏み固められた階段状だった。

「ええ！」

一番驚いたのはミドリだった。二人はやっぱり、と顔を見合わせると早速穴の中を入っていく。

「何これ。なんなの」

混乱しながらミドリも後についていった。穴は階段で言ったら十段前後あり思ったより深かったが、突き当たりの小部屋は三人で一杯、という程度の広さだった。

「個人で味噌なんかを作るような室か、あるいは防空壕でしょうか……」

「暗くてよく見えないな。懐中電灯持ってくる」

キイ坊はそう言って階段を戻っていった。タニムラ青年がつくづく感心して言う。

「いやあ、納戸は古いものが多いのでお掃除も隅々まではしていなかったんですが、まさかこんなものが……あの暗号の謎は深まりますねえ」

「それなんだけどさ、あの」

ミドリが青年に言おうとしたとき、穴の出口からさっと光が入った。キイ坊が懐中電灯で前を照らしながら降りてきたのだ。

「わあ！」「うお」

目が暗さに慣れていたためそれはすぐにミドリたちの目に飛び込んできた。小部屋は床から天井や壁全て板張りで、さっき見た象形文字状の文様で埋め尽くされていた。

「これは……凄いです！ いったい何が書かれているのか調べるのにはかなり時間がかかり

そうですけど……」

それから暫くタニムラ青年は納戸の小部屋にこもって解読作業にあたり始めた。

数日後、ミドリやキイ坊が様子を見に行くと、興奮した様子で青年は、

「この古代文字、どうやら、壮大な叙事詩のようなんです……。神話のようなものかと思っていたのですが、読み進めていくと何か日記のようでもあるんです。旅の日記、または」一呼吸おいて青年は重々しく言った。

「航宙日誌」

「こうちゅうにっし？」

ミドリとキイ坊は首をかしげた。

「ええ、メキシコの壁画のような感じでしょうか。神話のようなんですけれど、ガジェットとしてその当時ではありえないものがちらほら存在してどこか表現が一人称的でええっとつまり」

「あ、ごめんおれ全然わかんねえ」

先にさじを投げたのはキイ坊のほうだった。

「まあまだ色々繋がっていかない部分があるのでそのあたりの補強をしたいところではあるんですけれど」

満足そうに頷く青年を複雑な表情で見守りつつ、ミドリはキイ坊と一緒に地下室を後にし

た。ミドリの部屋ではもう祖母が二人の分も菓子と茶の準備をしていた。

「なんかすげえことになってるな青年」

キイ坊は感心しきりだった。反対にミドリは頭を抱えている。

「うーん。どうしたものか」

「なんで?」

「いや違うんだって。あの部屋のこと、前におばあちゃんが言ってたの思い出したの」

「なに、あの部屋のことおばあちゃん知ってんの」

「うん。模様見たとき思い出した。あれおばあちゃんのお母さんが作ったらしいよ」

そこまで聞いていたミドリの祖母が口を狭んだ。

「あらあの地下倉庫、汚いから塞いどいたのに。開けちゃったのね」

「なんだ。あそこそんな最近まで開いてたんだ。じゃあの文字何なんだろ」

不可解そうなキイ坊に、ミドリと祖母が声を揃えて答えた。

「あれ虫」

「へ」

首を傾げるキイ坊に、ミドリの祖母は急須からお茶を注ぎたしながら言う。

「キクイムシよ。迷路みたいに木を食べていって進むやつ。記号っぽい模様になっていくのよね。あれだけ食われちゃったらみっともないし、壁の木取りかえるの面倒だから塞いでたのよ」

「でも虫なんかいなかったぜ」キイ坊は納得しない様子で言った。

「もういないんじゃないかしら。いたとしても一匹よ」

「一匹?」

キイ坊は一層眉をひそめた。

「キクイムシは共食いするからね」ミドリの祖母は茶をすすり続ける。

「キクイムシなのに? 草食でしょ」キイ坊は菓子の袋を開けながら言う。

「キクイムシってね、木を食べて迷路を作っていきながら他のが向こうから来てはち合わせするでしょ、そうすると先の迷路になったところを通るために共食いするのよ。キクイムシは共食いした相手の掘った迷路を覚えるんだっていうから」

「まさか」キイ坊の目がいつもの三倍ほど丸くなった。

「昔からもうずっと言われてたことみたいだから、何かしらそれっぽい理由はあるんじゃないかしら。実際、穴を塞いで餌も無いからかどんどん減ってってたみたいだし」

「その理屈で言うと半分、半分って減ってくよな」

キイ坊は虫の共食いを想像してしまったのか、気味悪そうに顔を歪めて言った。

「だから、今頃は残ってても一匹なんじゃないの、ってこと」

今までキイ坊と祖母のやりとりを聞いていたミドリが、ばつ悪そうに口を開いた。

「なんだか、夢中になってる青年見てたら言いだせなかったんだもん」

「え、じゃああの暗号が文字で縄文がメキシコのどうのって」

「全部青年の勘違い……だと思う」

「うそお」

「何、谷村君がどうしたって」

二人はミドリの祖母に事の顚末（てんまつ）を話して聞かせた。祖母は朗（ほが）らかに笑って、

「あんな出鱈目（でたらめ）な模様で物語ができあがるなら、あれは文字なのかもねえ。谷村君にとっては」

「青年にとって？」

「そう。読む人が文字だって思えば、傷だって文字でしょ」

ミドリの祖母が何の迷いも無くそう答えたため、結局タニムラ青年にはキクイムシについて何も伝えないでおこうということになった。

タニムラ青年が珍しく授業でアパートを空けている時、ミドリとキイ坊は例の小部屋でしゃがみこんでいた。片手に虫眼鏡、もう一方の手に懐中電灯を摑んでいる。

「居ないねー」

「居ねえなー。やっぱりこれ文字なんじゃねえの」

両の目頭（めがしら）を指でつまみながらキイ坊は虫探しに音（ね）を上げて言った。小部屋にはやはり上下

前後左右にびっしり模様が刻まれていて、床にかじりついていると一体どこからが壁でどこからが天井なのか解らなくなっていく。

と、キイ坊が声をあげた。

「あ」

「なに」

「今日おっちゃんとこ行かねーと。洗濯もん」

「ああもう完っ全に忘れてた。あの存在。わー。なんかもうすっごいめんどい」

病室に行くと篠田のおっちゃんが退屈そうに将棋の駒を一つ手にして眺めていた。最近タニムラ青年が病室に来ないので、ベッドサイドのテーブルに駒の箱が、蓋もされず放置されている。いつものごとく、その下の紙袋には洗濯ものらしき衣類が詰まっていた。

キイ坊は恒例の嫌な顔をしながら紙袋を持ちあげて中身を確認した。

「わ」

キイ坊の肘（ひじ）が駒の箱を小突き、剝げてくたびれた駒を散らばせながら箱は病室のリノリウム床にひっくり返って落ちた。

「あーあ」

ミドリはキイ坊と一緒にしゃがみ、駒を拾い集めた。

と、一つ拾い上げた駒の一番底辺の面、小さく開いた穴をミドリがじっと見ると、その暗いピンホールから何やら動くものが見えた。

「？」

駒を載せたミドリの掌の上で穴から出てきたのは、小さな虫だった。腹が白く茶色の頭を持ち、ミドリの生命線の上でいきなりの明るさにうろたえながら細かな足と体格の割に逞しい顎をひくつかせている。

「うわ」

「キクイムシ!!」

瞬間、ミドリとキイ坊の頭の間から伸びた手が、ミドリの掌の小さな虫を摘みあげた。

「わああ」

「何やってんのおっちゃん」

虫を摘みあげたおっちゃんの指はそのまま口の中へ虫を運んで、おっちゃんは二、三回咀嚼したかと思うとごくりと飲み下し、そのあと高らかに笑った。

「わははは。やっと見つけたでえ。わしの指食った虫や。これで忘れとった野島んとこのじーさんの必勝法を取り戻したで！　お前ら、野島んとこのじーさんはよ連れてこい。バーバー野島、やー」

「……そんなばかな」ぽかんとしていたミドリが言った。

「でも理屈は何か合ってる」

「合ってないでしょ全然むちゃくちゃじゃん」

ミドリとキイ坊が例の床屋の前に行くと、その老人は当然のように居た。二人の姿を見るなり何も訊かずに頷くと、ゆっくりと腰を上げ二人と共に病院に向かった。

果たして当然のようにあっさり敗北した篠田のおっちゃんは再び駒の中から虫を探す病床の日々に戻り、タニムラ青年の壮大な叙事詩は今、プリンセスらしき存在が登場し、佳境に入りつつあるようだった。

201号室　エノキ氏×102号室　グェンさん

最近、エノキ氏が外出するようになった。といっても週に一度で小一時間程だが、大きな鞄を抱えて玄関を出ていくのをミドリ荘の住人何人かが目撃している。

ミドリのいる管理人室の窓からは玄関先から市道に出るまでを丁度見渡すことができる。今朝も大きな鞄を抱えたエノキ氏が、背中を丸め辺りを気にしつつ出ていった。

「ばれてないとでも思っているんだろうか」

ミドリは窓のへりに頬杖をつき、アンニュイ気味に呟いたあと、その背後の人影に気付いた。

「……あれ？」

公園入口でバスを降り、少し坂を上ると割と見晴らしのよい高台に出る。平日の午前中のせいかあまり人は居なかった。

中でも物陰になる芝生のはずれの植え込みでエノキ氏は鞄の中から大仰(おおぎょう)な本を一冊と、ケースに入った様々な部品を取り出した。傍(かたわ)らに本を開き、覗き込みながら部品をねじ込み留め具をはめて、組み立て上がったのはサイズこそ大きくはないが精巧な望遠鏡で、脇にある小型の液晶画面の下に幾つかのボタンとメモリカードスロットがついている。

組み立て終わった未来の武器に見える小さなそれを、自分の着ていたジャンパーで覆い隠してから再び重々しい本のページを繰った。暫くまどろっこしい言い回しの文章を見つめたのち、

「(´A`)」

と呟いて本を閉じると望遠鏡の液晶を覗き込んだ。適当にボタンやジョグダイヤルをいじっているうちに画面が次第にクリアになり焦点が合ってくる。液晶の画面は望遠鏡の先、小高い公園の広場から見下ろせる形で並ぶ建物のうちの一つ、アパートの窓の中へ突き刺さるようにズームしていった。

暫くそうしていると、画面の上部から黒い筋が数本、次第に数を増やしつつ画面を占拠し始めた。

「ノゾキ　デスカ」

　エノキ氏は慌ててファインダーから目を離し、望遠鏡から距離を置いた。望遠鏡の先に見えていたのは黒く艶のある髪の毛で、広げた足の間から上半身を折り、レンズを逆方向から覗き込んでいるのは美しいが背の高い女性だった。

「ア　ワタシ　グェント言ウシマス」

「(゜Д゜)?」

「アナタ　エノキサン　ワタシ　解ルシマス　エノキサン　ノゾキ　トテモ悪イコトワタシ解ルシマス」

　エノキ氏はグェンさんの言っていることを理解した上でほぼ完全な形で無視して再び芝生の上に分厚い本を開き読み始めた。

　暫くそれを見ていたグェンさんも少し離れた隣に座り、地味な茶色の鞄の中から重々しい一冊の本を取り出して読み始めた。

「えいあらおぺれいはわいえいかへえまいらまうけれいうひうはまいあなえいけの」

「ヽ(`Д´)ノ」

「ハイ?」

「黙って読んでくれ」

「ア　始メテ普通ニシャベル　キキマシタ」

「だってここでそんな言葉使っても解んねーだろどうせ」

「ハイ」

「声出されると気が散るんだよ」

「ア　スミマセンワタシ　日本語　声ニ出サナイ読ムデキルシマセン」

「え、今の日本語だったのかよ」

「ア　スミマセン違ウシマス　コレ　ハワイ語」

「ハワイ語？　日本語もろくにできねえのに？」

「発表アルシマス　神社オ祭リシマス　ハワイ語　オドルシマス　エノキサンモ　大キナ本
勉強シマス」

「や、これとりせつ」

「トリセツ」

「あー、えっと、マニュアル？」

「アー　大キナマニュアル　ソレハイイ機械（マシーン）デスネ」

「いや、昔は性能がいい機械の方がトリセツ分厚かったけど、今、最新の機械はトリセツな
んかねえし」

「アー……」

会話の途中で望遠鏡の液晶に人影が映ったことに気づいて、エノキ氏は慌てて四つん這（ば）い

になり望遠鏡ににじり寄った。

液晶画面の中、部屋の端から現れた細い娘は部屋着のワンピースの上から脇腹を掻き、小さな欠伸をした。ベッドの端に腰を掛けて携帯を弄り操作をしていると玄関のあたりから光が洩れて、気づいた娘は玄関に向かう。やがて小さな段ボール箱を抱えた彼女がベッドサイドに戻り、段ボールを開封すると、制服というにはいささかフリルの大袈裟な衣装が出てきた。娘はワンピースをするすると脱ぎタンクトップだけになると、その衣装を身に着け髪の毛を整えてから、先ほど弄っていた携帯を手にして画面に向かい上目遣いで何パターンかのポーズを取った。


暫くの間、王さんとグェンさんは仕事や実習の合間を縫ってはダンスの練習を続け、そうして発表の舞台となる町内の祭りを迎えた。

発表の舞台、といってもミドリの想像通り、境内に組み上げられた舞台の客席には近所のお年寄りがまばらにいるだけで日曜の午前中ともなれば屋台の一軒もまだ出ていない。

それでも、マジックで茶色く塗ったカップラーメンの容器を胸に当て、スズランテープで作った腰みの姿で社務所の控え室で壁に向かい何やらブツブツ言い続けているグェンさんは誰がどう見ても極限の緊張状態にあった。

王さんはグェンさんの背中をぽんぽんと叩きながら声を掛けた。

「落ち着くあるよー大丈夫あるよー」

「トトトトリアエズ出出出ルシマショヨヨヨヨ」

巨大な案山子のように手と足を同時に出して進むグェンさんの後に続いて心配そうな王さんも控え室を出た。

「じーさん三人とばーさん四人なんだけど。お客」

控え室に出されている菓子を食べながらミドリはつくづく不思議そうに言った。

「あそこまで緊張してると逆にこえーよ」

キイ坊が言って暫く経った頃だった。ステージの辺りで、大きな塊が床に叩きつけられる音がして、その次に王さんの、

「あいやぁ」

という声、それから観客の年齢層と人数からは想像もできない音量の阿鼻叫喚が響いた。

以来グェンさんはショックのあまり寝込んでいる。

王さん曰く、

「しかたないある。生まれて初めて男に裸見せたのことして爺さんばっかだったのことある。かわいそうある」

ミドリとキイ坊は実際に目撃していないのだが、どうやら極度の緊張に達したグェンさんはステージに上がる際に酷い転び方をして衣装がすべて取れてしまったらしい。

王さんは見舞いだと言って持ってきた紙袋をグェンさんの寝込む枕元に置いてからミドリの家に来た。王さんも自分の発表会がうまくいかなかったのとグェンさんのことで、かなりしょげていた。

「しかも穴あきのでかパンティだったのことある。あんなパンティ穿くのことして人に見られるのこと、ワタシなら自殺したくなるのことある」

「多分そういう問題じゃないとは思うけど、グェンさん真面目だからやっぱ、ショックだろうね」

そう言ってミドリが窓の外を見ると、またエノキ氏が大きな鞄を抱えて出ていくのが見えた。

「エノキ氏また出てってる」

「怪しい奴のことある。ふん捕まえてやるのことある」

いつもなら放っておけと言う王さんも今日はむしゃくしゃするのだろう、目を吊り上げて立ち上がると、ヒールを突っかけ慌てて部屋を出た。急いでミドリも後を追う。

土手の下を歩くエノキ氏から目を離すことなく、かといって気付かれない程度に距離を取りつつ二人は進んだ。

「あれ？　グェンさん」

ミドリが見る先、土手の下の道をエノキ氏を追いかけて小走りで進むグェンさんが居た。

力ない走りではあったが足の長さもあってすぐにエノキ氏に追い付き何やら口論をしている。

「何してんだろ」

ミドリと王さんは土手の坂を降りた。グェンさんはどうやら、エノキ氏の行為を止めようとしているらしい。

「エノキサン　ノゾキ　トテモ悪イコト　ワタシ解ルシマス」

「(ﾟДﾟ#)」

「いつもどこ覗きにいってんの」

「そうあるノゾキよくないある。女の裸は尊いものある」

と追いついた王さんとミドリも加勢した。

「凸(ﾟДﾟ#)」

エノキ氏一人に対し、グェンさんと王さんとミドリ、女三人は結託して彼を追及する。エノキ氏は重い鞄を抱えたままじりじりと後ずさりして、ついには土手に架かった橋の下、橋脚のコンクリート壁まで追い詰められた。

その時、橋の上を一人の子供が、リコーダーを吹きながら歩いていった。

リコーダーからは五つの音が出ていた。レ・ミ・ド（上）・ド（下）・ソの音をひたすら繰り返し、同じ抑揚で吹いている。暫く四人はその音を聴いていた。

「わ、わ、グェンさん」

ミドリが気付いて声を掛けた時には、すでにグェンさんは地上から三十センチばかり浮いていた。

「エ　何シマスカコレ　解ルシマセン何シマス」

「あいやー」

エノキ氏は鞄を抱えたままグェンさんの姿に釘付けになり呟いた。

「光ってる……」

「あ、エノキ氏普通に喋った」

どんどん浮かび上がるグェンさんは、エノキ氏の言葉通り光っていた。大きな体の中心あたり、お臍付近の光源がグェンさん全体を発光させている。下着売り場のマネキンのようにそれはグェンさんの着ている地味な服を透かして、下に身につけている黒い薔薇模様をしたレースのTバックのシルエットをくっきり顕わしていた。

「アコレ　ソウデハナイデス　イツモハ違イマス　イツモハ普通ノ」

浮きながらグェンさんは必死に弁解する。

「ワタシさっきお見舞いに持っていってあげたパンティある……」

王さんは、もう一メートルほど宙に浮いたまま下着を透かして光り続けるグェンさんを見上げて言った。

「……乙姫？」ミドリが小声で呟いた。

「イッモコウイウ下着デハナイデス　アア」

とうとうグェンさんは顔を覆って泣き出してしまった。それでもなお彼女は浮いて光り続ける。

王さんは、グェンさんを見上げ凝視するエノキ氏に近寄り音高く平手打ちをすると、

「帰れドスケベ」

と怒鳴り、

「かわいそうある。せっかく良いパンティ穿いたのに。またどうしようもない男に裸見られ損ある」

と泣きじゃくりながら浮いて光るグェンさんを見上げ溜息をついた。

101号室　篠田のおっちゃん再び

しばしば病室を抜け出し無断外出をしているため、おっちゃんは当初の予定よりもずいぶん長く入院している。病院の外出許可は家族の受け入れがしっかりしていないと中々出ないようで、一人暮らしでバリアフリーの概念が無いミドリ荘に住むおっちゃんは、届出を出すことすら諦めていた節があった。大部屋の誰かが気付くと消えており、また誰かが気付くと真っ赤な顔で酒臭い息を吐きながらいびきをかいていた。誰も、どこに行っていたかを訊く

気もおきないらしい。

「夜外に出るのことしてそのまま星になってしまえ」

洗濯物を当番制で届けることにほとほと嫌気が差した王さんがいやに文学的なものいいでおっちゃんを罵倒した。この日は、王さんとミドリの祖母、ミドリとキイ坊が四人で病室に来ていた。昨夜例の如く脱走していたらしいおっちゃんは、二日酔いの酷い頭をさすりながらへらへらとしていた。

病院特有の硬い廊下を踏み鳴らすヒールの音が近づいて来た。勢い込んで入ってきたのは見覚えのあるスパンコールの花をつけた女だった。アレは銀河座だけで使われているものではなかったのか。ミドリはそこに何より驚いた。篠田のおっちゃんが病院を抜け出して行っていたセクシーサロン銀河座のナンバーワン、エノキのマドンナ「ＮＡＮＡ」である。

「あら、篠田さんの娘さん……？」

ミドリの祖母がおっちゃんに声を掛けたとき、おっちゃんは緊張に顔を強張らせながら口を曲げ笑っていた。

声を出すことなくおっちゃんは、静かに両腕を布団から出して動かし始めた。両手の指で形を作ってひっくり返した後、顎に付けた掌で頰を撫で、拳を作って胸をトンとついて再び指先で形を作る。

「……手話」

意外、といった顔でミドリの祖母は呟いた。それに答えることなくおっちゃんは黙って腕を動かし続けている。動きは柔らかく滑らかだった。どんな意味かは解らなかったが、おっちゃんの普段使うインチキ関西弁よりずっと丁寧な言葉だとミドリは思った。

おっちゃんの手話が終わらないうちに、おっちゃんの娘は鞄の中から何かを摑みおっちゃんに向かって投げつけた。白い塊が二つに割れて、中から鮮やかな抹茶色の液体が弾けおっちゃんの顔とくたびれたTシャツとベッドシーツを染めた。娘は顎を突き出し、威嚇するように腕を動かし始めた。おっちゃんの腕の動きの何倍も早く、攻撃的だというのが誰の目にも明らかだった。掌に拳をたたき付けたり指をさしたりしながら口も一緒に動かしていたので、時折唇や舌が鳴って空気の破裂する音が響いた。

『何これ⁉　ふざけんのもいい加減にしてよ！　私が抹茶嫌いなの小さい頃からずっとなんですけど。わざと？　嫌がらせ？　そもそもアイス冷やさないでまんまぶら下げて持ってくるって馬鹿？　馬鹿でしょ？　最低！　それに、店に来るなってあんだけ言ってたのに！　店の周りうろつかれるだけでも超迷惑！　金？　金なの？　一円だって無理だから！　ここでそのまんま死ねばいい！　つか死んで‼』

そう言っているとミドリは思った。言いたいことを言い切っておっちゃんの娘は来た時と同じように音高く廊下を歩いて去っていった。

しばらくの間、ぽかんとしていたみんなの沈黙を破ったのはキイ坊だった。

「……おっちゃん手話なんてできたんだ。なんかすげえな」

ミドリもキイ坊に続くようにおっちゃんに声をかけた。

「うん、上手いって思ったよ。ぜんぜん手話、わかんないけど」

高級抹茶の香りを漂わせながらおっちゃんは不意に笑顔になって、

「いやあ、あかん。おっちゃんの手話、ようけ伝わらんかった。指が足らんから、しゃあないなあ」

と言っていつものようにカカカと笑った。

202号室　キイ坊母子

グェンさんは例の事件以降、特に浮いたり光ったりすることもなく至極元気に毎日を送っている。ただ関係あるのか無いのか解らないが、以来喋る言葉が少し変わってしまった。今までの独特な言い回しがなくなった代わりに、何でも五文字区切りで話すようになった。一文字ずつくっきりとグェンさんの口から発せられる五文字のメロディは、橋の上から聞こえてきたリコーダーの五つの音階と全く同じものだった。

「みーどーりーさーんー」

と独特な抑揚で言われるのは最初ミドリにも違和感があったが、毎日のことともなれば次第に慣れてしまう。何よりもグェンさんが実習生として働いている福祉施設のお年寄りには、今までのややこしい言い回しよりもよほど解り易く、さらに一音ずつ長く伸ばした発声は耳の遠い人にも聞こえが良いということで、以前よりずっと活躍の場が広がっているようであった。近頃は各国から来た介護学生も皆そのしゃべり方を真似するようになったらしい。

ミドリ荘の近く、坂道の上にあるガードレールにミドリとキイ坊は横並びで座っていた。コンビニで買った、二本の棒が挿さったタイプのアイスキャンディーを割って分け、齧りながら坂の下のミドリ荘を見下ろしている。ミドリ荘はいつものように草で覆われていた。

「昨日おれ、図書館行ったんだけどさ」

「本借りたの」

「ううん、パソコン見てきた。すげえの。インターネットでさ、地図が見られるんだけど、それが写真なんだぜ。空から撮ったみたいな。しかも拡大すると道を進んでくみたいに、ほら、カーナビ？　みたいに写真の地図を動かして見られるんだよな」

「ああ」

インターネットの地図はミドリも以前、友達の家で見たことがあった。世界中の『空から見た写真』が地図のようにつながって閲覧ができるサイト。拡大していくと場所によっては遺跡の詳細や草原を行く動物の群れまでも見ることができた。そして都心部などは、道を進み建物の情報も知ることができる。

「で、こないだの空飛んでるやつ、地図を作るためのものだったんじゃないかって思った」

アイスの棒を伝って溶ける汁を音を立てて吸ってから、キイ坊は自信ありげに言った。

「え、ああいう写真ってヘリコプターが撮るんじゃないの」

ミドリはそう言いながら、小学校に入りたての頃のことを思い出した。

校庭で、校章のついた大きな旗の縁を、学校のみんなで持ち四角形に立たされている。暫くして乾いたプロペラ音とともに皆で持っている旗がばたつき校庭のラバーコート面から埃が立つ。『みんな、手を振って!』と、ミドリのクラスの担任が轟音の中ジェスチャーでみんなに指示を出す。一人、また一人、そして全員が力の限り旗の端を持っていないほうの腕を振り回す。ヘリコプターは少しの間校庭の上空に静止して、それから来た方向に戻っていった。一週間後、大きく引き伸ばされた校舎の航空写真が額に入って教室に飾られた。

「昔は人文字っていって、皆で校章の形に立って上から写真を撮っていたんだけど」

先生はそれでも満足そうに写真を眺めながらミドリたちに言った。今は生徒数が少ないから人文字ができない代わりに一人一人が振る手や表情の解るような写真が撮れるらしい。

そういえばキイ坊はその時、同じ学校にはいなかったのだ。

手についたアイスの汁をジーパンで拭いながらキイ坊は答えた。

「いや、そうじゃなくてさ、未来とか、宇宙とかから来て、今の地球の地図っていうかデータっていうか、そういう写真を撮りに来たのかもしれないじゃん。昔の地図、必要な時あるだろ？　研究とか」

「あんな大袈裟な乗り物で？」

「そう。あと、犬」

「犬？」ミドリは顔をしかめた。

「あの日、やたら迷い犬の貼り紙が多かったの、気になってて。空飛ぶ玉に関係あるんじゃないかって。それで犬飼ってる奴の家に遊びに行ったりして調べたんだけどさ」

「何か解ったの」

ミドリの問いに、キイ坊は再び自信たっぷりに答えた。

「犬ってさ、知ってる？　散歩が大好きなんだぜ。飼い主が散歩用の綱を持ったとたん爆発したみたいに騒ぎ出すの」

「あー、まあ、だろうね。家ん中退屈だし」

「でもさ、考えてみると同じルートをずっと回るだけなのにすげえ喜んで歩いてるんだぜ。……だから、おれ、考えたんだけど、あいつらはそれぞれ自分の担当エリアがあって、その地域のデータ収集をするようにそういう命令みたいなものがあるんじゃないかって」

「犬が地図を手分けして作ってるってこと？」

「うーん、まあ。あの銀玉の親分がデータをまとめて、色んな時代の色んな場所の地図とか資料を集めて、だから銀玉が現れる時、犬が一斉に飼い主から逃げて、銀玉の所に集まったんじゃないかって」

「うーん」

「……まあ、ただなんとなくそう思ったってだけだけど」

ミドリ荘の前から女の人が一人、坂の下あたりまで出てきた。大変珍しいことに今日、こんな早い時間にもかかわらずキイ坊の母親はミドリ荘に居た。キョロキョロとあたりを見回していた。

「……あのさ」ミドリが声を掛けた。

「なんだよ」

「引っ越すんでしょ。あんたんとこ」

「なんで。母ちゃんから聞いた？」

「ううん……なんとなく」

キイ坊の母子(おやこ)が引っ越してきた時のことをミドリはよく覚えている。キイ坊の母は忙しい人で、内見もせずすぐ入れて、管理人が常駐で、子ども一人で居ても問題が少ない物件という条件だけで飛び込んできた。母親は最初、一部分だけでも家に仕事を持ち帰ることができればと考えていたようだったが、どういうわけかミドリ荘はインターネットの回線も無く、携帯の電波すら入らない。半月もせずキイ坊の母は、ミドリ荘にいることがなくなっていった。キイ坊が家のことをこまめにしているのは元来の几帳面(きちょうめん)な性質もあるのだろうが、キイ坊なりにミドリ荘を気に入っているのだろう、と、ミドリの祖母は口にしたことがある。キイ坊君が踏ん張っていなければ、ひと月もせずにあの母子は引っ越していってしまっただろう、と。

「今まで条件が揃うとこがなかなか無かったみたいだけど。まあ、探す暇も無かったしな」

そう言ってキイ坊は吸った角から色の抜けていったアイスバーを齧った。一気に、ガリガリと齧って棒だけを抜き取る。

坂の下の母親がキイ坊に気付き手を振りながら声を上げた。

「希望（キイボウ）！　こっち！」

ガードレールを降りたキイ坊はミドリ荘を見下ろしたまま、この間の丘の時と同じようにきっぱりと言った。

「無くなんねえよ」

「え？」

「ミドリ荘はさ、すげえボロボロだけど、これからもずっとあると思う。おれたちよりもずっと先まで。あると思う」

そう言って、ミドリのほうを見て笑った。

次の週にキイ坊母子はミドリ荘を出ていった。学校も替わることになったらしい。簡単な挨拶と焼き菓子を残して202号室は空室（あきしつ）となった。

「やっぱり何だかんだで寂しくなるねえ。短い間だったけど」

ミドリの祖母は急須で茶を淹れながら言った。焼き菓子の箱を開けどれを食べるか選びつつミドリは言った。

「でも週末にはおっちゃんも退院するしね。すぐバタバタになるよ」

「ああ篠田さんね。忘れてた」

「空室ありの貼り紙もしないとね。またいろんな国の言葉で書くんでしょ。タニムラ青年に手伝ってもらわないと」

「そうねえ。ああまた面倒だね篠田さんの退院の手続きとか。娘さん来ないだろうし」

「もういっそずっと病院入っててもいいのにね」

二人は笑って、スライスアーモンドの乗った焼き菓子を齧った。

母のいる島

The Mother on the Slope of Yomotsu

1

私たちの小さな小さな妹は、直方体のアクリル製ケースの中で手足をぱたぱたさせている。ケースには丸い穴と蝶番のついた蓋、側面からは透明なチューブが何本も絡みあいながら薄い色の液体を流し、中にいる妹は腕にも足にも、ガーゼやテープを貼り付けられていた。文ネェと私は二人でガラス越しに妹を眺めている。

「暑いのよね、あん中」

「覚えてんの」

「そりゃ、なんとなくは。まあ、どっちにしろ美樹は入ってないから、解らないだろうけど」

文ネェはなぜか勝ち誇ったような言い方をして、ガラスから顔を離した。

別の集中治療室では、母さんがビニールカーテンに仕切られたベッドで酸素マスクをつけられて眠っている。久しぶりに見る母さんは、平たくしぼんだように見えた。

　私たちは先生から出産時の状況を聞かされた。赤ちゃんは低体重ではあるけれども無事だということ、逆に母さんは今、かなり厳しい状態だということ、母子ともしばらくはこの病院に入院するけれども、何かあれば覚悟をしてほしいということ。

「あまりお力になれず、申し訳ない……」

　いつも朗らかに笑いながら母の出産に立ち会う先生は、そう言って肩を落とす。とんでもない、と私たちは頭を下げて病院を出た。

　県内でも一番の大きな設備を持つこの総合病院がある港町から、母さんと文ネェたちが今も住むあの島までは、小さな交通船で三時間かかる。船は一日二便しか無いので、乗りそびれると日が暮れる頃の便まで退屈な時間を過ごすことになってしまう。

　私は通信制の高校を卒業した後、島を出て簿記の資格を取って、今は一人暮らしをしながら働いている。新幹線と特急列車と船を使う帰省は時間とお金の両方がとても厳しくて、島を出てからもう二年半、一度も帰って来ることができないでいた。母さんに子供が生まれたというのもつい先日、文ネェからの電話で知った。

「あんなに反対したのに」

　文ネェは小さく船の見えてきた沖を眺めながら苦々しい調子で言う。文ネェは、母さんの出産時に家族の立ち会いが必要だったため、ここ数日昼となく夜となく島と病院を往復していたらしい。口に出さないけど、とっても疲れているのが一目でわかった。いつもはぱりっとアイロンがかかっているブラウスが、今日は皺ができてくたびれ、袖口がほつれているのにさえも気づいていないみたいだった。

私がドーナツの入った手提げ箱を膝に抱えてベンチに座っていると、目の前の空中を光るように赤いものがひらりと通った。

この時期にだけ見られる、婚姻色の雄だった。

「もうそんな季節」

「はじめて島の外で見た。渡ってきたのかもね」

「そういえば、あの子たちの『レッスン』って、今、文ネェがやってるの？」

「母さんの見よう見まねだけどね」

無軌道に動く弱った小さな雄を見ているうちに、入船の放送が響いた。

「やばいのかな」

「どうだろう」

心配気な文ネェに気を遣って曖昧に相槌を打ちはしたものの、あの暢気な先生があそこまでしょげているのを考えると、やっぱり母さんの調子は相当良くないんじゃないかという気がした。

大きな空はすこんと青くて、私の育った島を上から包んで広がっていた。島の細く頼りない桟橋に、一列になって、大きさの順に少女が並んでいる。私の中で、イースター島のモアイ像とマトリョーシカの映像が重なった。

「文香ねーちゃん、美樹ねーちゃん、お帰りぃ」

文ネェは慣れた様子で船の出口から渡し板を渡ると、睦の抱っこしていた苺を受け取ってあやしながら妹たちを見回した。

「あれ、逸実どこ」

「八重ネェの先生に呼ばれた」

「なに八重またなんかやらかしたの」

「やだ永久ちゃん、内緒って絲音と約束したのに」

「そうだったか」

「もう。あ、奈々、洗濯干した？」

「うん、伊予ちゃんも手伝ったもんね」「もんね」

「あ、美樹ネェの持ってるの、私、持つ！」

久美子が私の手から箱をふんだくって家のほうへ走り出した。

「トミコも、どなつ」

何人かが久美子の後をよたよた、トタトタついて歩き出す。

南の島の大家族姉妹といえば、一時期はＴＶバラエティの特番や雑誌の取材もひっきりなしだったし、母さんが島の中で女の子供だけを身籠る現象について何人もの研究者がやってきて、私たちや島のことを調べ回っていたのだけど、ああいうものにも流行り廃りとかいうものがあるのか、最近は取り上げられる機会もめっきり減ってしまった（私たち家族にはそっちのほうがうんと好都合だったけど）。

それでも島の人たちや県の職員さん、ソーシャルワーカー、地方紙の記者や楽天家の産婦人科医、たくさんの人の助けがあって、私たちはめでたくも、このたび十六人姉妹となった。

一番上の瞳ネェと三女の私、四女の志保と五女の逸実は普段島の外に居る。

瞳ネェは海外で生物学とやらに関する研究職についていて、最近、研究所の先輩と二人きりで挙式をしたそうだ。瞳ネェはこの島で生まれていない。それに小学校を出てすぐ、島の外に出て寮のある私学に進んだから、島で過ごした期間は実質十年足らずだった。特待制度や奨学金を利用して、学費や生活費に親の負担はほとんど無かった。

志保は逸実と一緒に島の外で下宿しながら定時制高校に通っていて、昼間、志保は美容師見習いとして、逸実はベーカリーで、それぞれアルバイトをしている。

次女の文香ネェはずっと家に残って、母さんが病院に入っている現在はほぼ一人で妹たちの面倒を見ている。私も含めた島の外で働く姉妹の仕送りに、県からの補助金も合わせて生活しているらしい。睦、奈々、八重、久美子、永久、絲音、富士江までが島の小中学校に通い、登美子、伊予、苺はまだ就学前。

そして今回、新しく妹となった子は、杜夢と名付けられた。

母さんはさすがに十六人も産んで満身創痍だった。呼吸循環器、消化器系統にも満遍なく不具合があって周りには相当反対されていたらしいけれど、それでも母さんは杜夢を産んだ。

今回母さんのことがあって、瞳ネェ以外の十四人の姉妹が仕事や学校の休暇を取って島に集まっている。こんなことは滅多になかった。母さんの居ない寂しさも手伝ってか、私が来たことで妹たちはとても楽しそうに、海岸線を家まで、先に後に一列になって歩いた。

海はやっぱりびっくりするほど青かった。青だけじゃなくて私が島を出るまで日常だった色、例えば草の緑とか、雲の白とか、そういったものが全部普通じゃないと気付いたのは島の外を見てからだった。私は島を出て、あまりにもくすんだ色ばかりが目に入ってくるので頭痛が止まなかった。

「砂を嚙む思い」という面白くない気持ちを表す言葉があるけれど、島では口を開けて笑うとどんな場所でも口に砂が入ってくるから、そんな風に思ったことなんて無かった。でも、島を出て地蔵のような色の砂を見てから言葉の意味が解った。確かにあの色の砂を嚙むのは全く面白くないと思う。

海岸線を縦に並んで歩いていると、松林の陰に男が立って、こちらを見ているのに気が付いた。ひどい逆光だったから姿ははっきりと解らなかった。眼に意識を集中しようとした時、先に男のほうが私の視線に気付き、慌てた様子で松林の奥に走って消えていった。

海岸沿いに広がる松林の端をなぞるように坂を上って、海のへりにせり出した小高い崖の縁。我が家は相変わらずそこにある。

家に入ると、逸実がベーカリーからもらってきたパンと、大鍋のスープが用意されていたいっしょくたになってシャワーを浴びてきた妹たちは、一斉に食卓につく。

「お母さんいつ帰ってくるの」

「私ココナッツのドーナツ食べる」

「ご飯食べてからね」「まあご飯もパンだけどね」

「しばらくはちょっと」

「赤ちゃんは?」「元気元気」

「これ一個ずつ? 二、三個ないと足りないんですけど」

「小さいんでしょう」「ドーナツ?」「ちがう赤ちゃん」

「三個ずつって四十五個になるでしょ。そんなに持ってこれない」

「まだ苺はチョコのドーナツだめ」「うーあ」

「そういや、さっきなんか変な男居なかった? 林に」

「あ、そうだ美樹ネェにパケモンセンターでカード買ってきてもらえば良かった」

「そういや父さんどうしてるの」

「知らん」「知らんて」

「あ、あの人最近良く見かける」

「父さん？」

「違う。変なおっさん。山のほうに入ってくの見たよ。ねー」「ねー」

「ちょっとヤダやめてよあんたたち、そういうの追っかけたり物投げたりしないでよ」

「そんな野良犬じゃあるまいし」「しー」

「あんたたちならやりかねん」

「てかあんたパケモンなんかやってんの。ゲームなんかしたら眼が悪くなるって母さんに叱られるでしょ」

「ゲームじゃないもん。カードだもん」「カードだってゲームじゃない」

「文ネェだって深夜に韓流見てるもん」

「あれは芳川さんのおばちゃんと話を合わせるために」

「ぎああー」「あ、苺が泣いた」

「ちょっとやだ、端っこのドーナツ粉々になってるじゃん。久美、振って歩いたでしょ」

「知らない。元からだもん。また固めたら戻るよ」

大騒ぎでドーナツを食べていた下の妹たちは、やがてスイッチを切ったように眠ってしまった。まるで毒殺でもされたみたいに食べかけのドーナツを取り落としてテーブルに突っ伏している。しばらく起きていた志保や逸実も、妹たちを抱きかかえて布団の敷かれた部屋に向かう。

病院からの連絡がいつ来るか解らないので待っているという文ネェに付き合って、私も居間で起きていることにする。私と文ネェは久しぶりに色んな話をした。といっても私のほうはあまり話すことも無いから、話のほとんどは母さんや他の姉妹の、最近の生活についてのことだった。

多分、かなりの時間そうやって話していたと思う。深夜といわれる時間さえ過ぎた頃になって、私は文ネェに尋ねた。

「なんで、母さんは産みたかったんだろう」

私はそれがどうしても理解できなかった。

「難しいって言われてたんでしょ。文ネェもずっと、反対してたんでしょ」

「でも聞かないんだもの」

「しかもさ、父さん、今までの父さん三人とも、パチプロとか麻雀(マージャン)師とか不安定な仕事で、しかもほとんど本土に居たでしょう。なんていうか、子育てにも非協力的だったし、母さん一人で大変だったろうに」

「母さんは父さんに『レッスン』のことで口出しされたくなかったんじゃないかな。なんなら、そういう父親をわざと選んだのかも」

母さんは、娘の私の目から見ても綺麗だ。たいしたお化粧もしていないし日に焼けてはいたけれど、三十歳から年をとっていないように見えたし、奇妙な強い美しさみたいなものがある。だから私は、母さんがあんな風に弱って命さえ危ないと言われていることに、いまひとつピンとこないでいた。

文ネェは居間の戸棚の引き出しから何かを取り出して、私に差し出した。縦長で、掌に載るくらいの、茶色く変色した手帳だった。

「日記が出てきた」

母さんは特別面倒くさがりという訳ではないけれどいつも怒濤の毎日だったから、その中で日記を書く時間があったなんて全然想像できなかった。

文ネェは表紙に書かれた日付を指差した。

「私を産む少し前ぐらいに書いてたみたい」

開くと、私の想像よりもずっと綺麗な字で丁寧に、グラム単位の体重や食事量、体温など瞳ネェの成長やお腹に居る文ネェのことが記録されていた。……のは最初の数ページだけでその後はみるみる雑な字になって『鮭切り身、十三コ』とか買い物メモのようになり（十三切れも買うなら一匹丸ごと買ったらいいのに）、挙句のはてには『Vo＝ボォーカル』とかいう、もはや何を書き留めておきたかったんだか良くわからない覚え書きになって、結局手帳はページの半分も使われていなかった。

「母さんらしい……？」

笑って手帳を閉じてから気がついた。手帳の最初の数ページ、そっくり千切れている部分がある。そのために背表紙の幅と手帳の中身のページが合わなくなり妙な隙間が空いていた。千切られた部分と隣り合っていたと思しきページには、小さい数字が書き込まれている。

「何か書かれてから千切ったんだったとしたら誰が」

私の言葉の最中に文ネェは大きな音を立てて立ち上がった。視線は私の頭を超えて、窓の外にあった。

「ちょっと！」

文ネェは駆け寄って窓を開けた。一気に煙が入ってきて、文ネェは窓の外にひょいと飛び出していった。

「火事⁉」「待ちなさいよ！」

煙の中を走り去る影は、松林のさらに奥の山へ消えていった。

私もなんとか窓を跨いで外に出る。火薬の臭いが酷かった。腕を振って煙をよけると、家の壁の板と基礎部分の狭い隙間に、小さな筒が刺さっていた。茶色地に赤い文字のプリントが入っていて、運転免許の講習で見た、事故を知らせる発煙筒に似ている。と、思った瞬間に文ネェは筒を引き抜き庭の端まで疾走すると腕と肘を伸ばしたとても美しいフォームで崖の向こうの海目がけて槍投げのように放った。

筒は綺麗に弓なりの煙をたなびかせながら飛び、それから徐々にカーブを描いて崖下に消えていった。数秒たって、

ずん

という音と一緒に水の柱が崖の下から現れて、ゆっくり落ちていって最後は少し飛沫を残して消えた。周りはいつまでもひどい火薬の臭いだった。

母さんはよく私たちに言っていた。人間は力も速さも、同等の大きさの動物には敵わないけれど、その代わりにほとんどの強い動物が持っていない運動能力を私たちは持っている。目指した所に向かってモノを投げる能力。細かな色彩や質感まで判別できる優れた視力と、繊細な調整が可能な腕や指の筋肉、両方を私たちは持っているんだよ、と。

2

文ネェは煤だらけの顔で地面にへたり込んで、目の前の焦げた壁を見つめている。私も自分の顔を手の甲で拭ってみると、思った通り真っ黒な煤がついた。

「今の、何」

私の言葉に、文ネェは力無く首を振った。私は島に着いた時に見かけた人影を思い出す。

私たちがぼうっとしている間に、空はだいぶ明るくなってきていた。

昔から、私たちが遊んで泥だらけになった時には、お風呂やシャワーより前に行く場所があった。

「海入ろうか」

文ネェの言葉に私は頷いて、二人で坂を下り一番近い海岸に向かった。ざぶざぶと服のまま海へ入ると服や腕についた煤が青い水に溶けていった。

「美樹覚えてる、花火のこと」

文ネェは鼻先まで海に浸かって、ぶくぶくいわせながら呟いた。

以前、二人目の父さんがビニールバッグに入った大きな花火セットを買ってきたことがあった。島で唯一の商店の入口に飾られていた花形商品で、火気厳禁だった私たちの憧れの品だったから皆はとても喜んだけれど、母さんは頑として花火をすることに反対した。子供たちのヒーローを気取った父さんはそれでも花火大会を強行しようとして家の裏で花火を袋から出し、私たち姉妹と一緒になってしゃがんで蠟燭を点けかけたところで、
ぞり
という音と共に父さんの足元に髪の毛が四角い束になって落ちた。私たちが見上げると父さんの頭の真ん中が四角く禿げ、落ち武者のようになっていて、はるか遠くにゴン、ゴロリと塊が転がった。カンナだった。興奮状態の母さんはその後も休みなく家の刃物という刃

物を父さんに投げつけた。缶切り、爪切り、おろし金千枚通しセロテープ台。そうしてどこから持ってきたのか死神が持っているような大きな棒についた三日月形の刃物（それを私はマサカリ、と言うのかナギナタ、と言うのかよく知らない）を振り回し始めて、とうとう父さんは家の裏の崖を真っ逆さまに海へ落ちていった。打ち寄せる波の泡の中に消えた父さんに追い打ちをかけるように、母さんは庭に広げられていた花火を次々に海へ放った。青く透き通る海面に、派手な色の花火が散らばっていった。

父さんの命に別条は無かったけれど、以来二度と我が家に帰って来ることは無かった。

「頑なだったよね母さんの花火嫌い。何のトラウマなわけ」

「臭いだって」「臭い？」

「そう。生まれた時、周りに火薬の臭いが充満しててそれがすごく嫌だったって」

「生まれた時の臭いなんて覚えてるもんかな」「うーん」

「割とイイ奴だったんだけどね。二番目の父さん」「一番まともだったよね」

海から上がり家に戻る頃にはすっかり日も昇っていて、妹たちは皆起きだしていた。文ネェが声を上げる。

「いいみんな。今日はどこにも行っちゃだめ。ちょっとおうちで休むの」

「もう八重が永久と登美子と苺連れて山に行っちゃったよ」

文ネェはおでこを拳で叩き小さく天を仰いでから、すぐにTシャツに着替えて外に出た。

私も慌てていく。志保と逸実も一緒に出て山の周りを探したけれど、日が高くなって昼を過ぎても八重たちの姿は見つからなかった。

声を上げるのも目を凝らすのにも疲れて座り込み、近くの木を見上げると枝の先に小さな二つの影が見えた。奈々と絲音だった。

「八重たち捜してんの」

「あんたたち外出てきちゃダメって言ったでしょ」

奈々と絲音は藪のほうに向かって、

「八重たちの行くところなら、いくつか予想つくけど」

と言うなり藪の僅かな隙間を潜って姿を消した。慌てて私たちが後を追っても、通り道のあまりの狭さと二人のすばしこさに全然追い付くことができなかった。私も昔はこの島を駆け回っていたけど、他の大人から見たらあんな風だったんだろうか。

奈々はすいすい進み、絲音がたまに後ろを向いて私たちの来るのを待ってくれた。しばらく必死になって二人の影を追っていると、突然、

「ぎゃあ」

という悲鳴がして視界から志保が消えた。

「あーやっちゃった」

絲音は腰に手を当てて鼻息をつき、見上げた。木漏れ日の隙間から見える青空、突き刺さ

るように伸びる孟宗竹がしなった先に、志保の茶色く脱色した髪が逆さまにゆらゆらしていた。竹の先のロープに足をとられて逆さづりになった志保は、自分がどうなっているのか解らないでいるみたいだった。

「ちょっとなにこれどうして」「志保ネェうるさい。動かないで」

奈々は慣れた風に孟宗竹の胴体に括られた綱をほどき、つるつると竹を登りながら宙づりになった志保を手際良く降ろした。

「これすっごい基本の罠だから。こんなん見落としてたらこれから先進めないよ。例えばこんなのとか」

奈々は傍にあったそこそこ重そうな石を持ち上げて放った。石は地面を突き抜けて落ち、地面だと思っていた場所には大きな穴が現れた。中には先を尖らせた竹が何本も上を向いて立ててあった。

「あんたたち、なんてもの作って」「うちらじゃないよ。作ったの」「じゃあ誰」

絲音がどこで覚えたのか大人びた苦笑をうかべ、頭を左右に揺らして言う。

「あのおっさんしかいないでしょ。こんな古くさい罠なんて」

目を凝らして見回すと、さっきまでは気付かなかった、たくさんの酷く原始的な罠があちこちに仕掛けられていた。

「こないだなんか、一本道の向こうからまん丸のでかい石が転がってきたんだから」

「石を綺麗な球体にするほどの技術を持ちながら、発想力が無いせいで独創性のある罠が作れないの、致命的」

奈々は言うと、ジーンズのポケットに引っ掛けていたミキサーのプロペラ刃を見事なアンダースローで回転を掛けながら投げた。目の前に続く下草を括って作ったトラップが一気にほどけて散った。すぐ、その軌道を追うように絲音が走り出し、皆が追った。

私は久しぶりに全力で走った。島の土と草は私たちの足を交互に押し上げているみたいに高く、前へ弾んだ。普段使っていない部分が、少しずつ調子を取り戻しているような気持ちがした。

奈々と絲音が足を止め、空に向かって口を尖らして、頭を一周、ぐるりと回した。その後暫くして、耳の後ろに手を当ててまた上を向くと、

「こっち！」

と叫んで再び走り出した。

「今何したの」

「苺にしか聞こえない声で呼んだの。苺も奈々たちにしか聞こえない泣き方で泣けるの」

「あんたらはネズミザルか」

着いたところは山の、家と反対側の斜面に開いた横穴だった。私たちが半日以上苦労してずっと探していた四人は、横穴の入口で白熱した猛スピードの「ずいずいずっころばし」に

興じている。文ネェは力を入れっぱなしだった肩をすとんと落として、四人に近付いていった。

「帰るよ」「ダメだよ。あのおっちゃんにここに居ろって」「ちょっと何あれ」

逸実の指差す先、横穴に入った辺りに幾つかの一斗缶と麻袋が積んであった。覗きこまなくてもどんなものが入っているか、予想がついた。ゆうべ嗅いだ火薬の臭い、二番目の父さんの花火以来の、たぶん、本物だ。

「――ダイナマイト」

「お前ら何やってる」

一斉に声のした洞窟の外、松の木の間の藪から出てきたのは、確かにあの男だった。髭と髪は伸びっぱなしであちこち破れてボロボロだけど、どうやら迷彩服を着ているようだった。

「……小野田さん？」「誰？　睦の知り合い？」「志保ネェ知らないの小野田さん」

「お前らどうして縄ほどいた？」

男の声は震えている。よく見ると八重たちの足元にはズタズタになった縄が散らばっている。

「だって、ずっころばしできないから」「からー」

「いやそうじゃなくて、どうやってほどいたかって」

「あんたこそ何なの。昨日、家にこれ仕掛けたのもあんたでしょ。家にはお金も無いし、何の恨みがあるの」

「そんなものは無い」「じゃあなんで」

男は穴だらけの上着を脱いだ。体にはたくさんの赤い筒が巻きついている。

「ダイナマイト？」「中国のお正月みたい」「はなびー」

「ここで俺は、あんたら姉妹と死ぬ」「は？」

「俺はいつか戦わなければならないと信じて、若い頃から少しずつ武器や火薬を貯めてきた。仲間も居た」

「今は居ないの」「だろうね。流行んないもん」「こら志保」「みんな年取って結婚したとか目が覚めたとか」「なんだやっぱ小野田さん的な」「だからそれ誰」

「日本各地を逃げ延びてこの島に来て、やっとここを見つけて」

「この場所母さんの場所だよ」「母さんと私たちの秘密の場所だったのに」「おっさん自分のものみたいに言ってるけど」

「お前らガキが島のあちこちチョロチョロして、罠壊したり邪魔しやがって」

「ほらやっぱりあんたたち追っかけたり石投げたり」

「石投げたりはしてないもん！」「もん！」

「島全部、俺もろとも死ぬ」

「自爆テロ？」「日本で？」「えー、それ超迷惑」「そりゃ迷惑掛けるのがテロだもん」

男はズボンのポケットからオイルライターを引っ張り出して火を点ける。その行為の間、計三回どれも一瞬、私たちから目を離した。私たちにはそれで充分だった。

私の後ろで奈々が、男の死角に入って石を拾ったみたいだった。

振り向いたら男に気付かれてしまうから、私は耳をすませて奈々の構えるタイミングを数えながら男の肩の向こうに眼の力を入れた。脳の中がほんの少しだけ痺れる感じがする。脳みその奥と目玉を繋ぐ筋が暖かくなるのと一緒に眩暈みたいな痛みがくる。踵の感触だけで頃合のいい大きさの石を選んだ。

島を出てからはほとんど使っていない頭の部分のスイッチを入れると、二、三回チカチカしてから、蛍光灯みたいに青白い光が頭の中を明るくした。いったん明るくなってしまったら後はとっても楽だった。

短い距離でスピードをつけなくちゃいけない。こんな場合は肘、手首、指すべてのバネで弾いて飛ばしたいから、構えてから指を離すまでを極端に短くすればいい。

奈々が石を投げるのに合わせて私も踵で石を弾き自分の手に拾い上げて、奈々の石が男のライターを飛ばしたと同時に私は男の耳先を掠めて洞窟のずっと奥に石を放った。男以外のみんなが一斉に体を低くした。

『あれ』が出てくるのを知っていたから。

人が生き延びるためには投擲の技術を極限まで磨くこと。足元の石でも木の枝でも、泥だって武器になるから。

あの時母さんは、そう言って遠く遠くの穴に向かって石を放った。伏せて、という母さんの声に私はしゃがみ込んで、そうすると遠くの穴から大きな、真っ赤な『あれ』が現れた。一年のうちに数週間だけ島に大量発生するベニシジミが群れて飛ぶ現象だった。何十万何百万のシジミ蝶は母さんが投げた小さな石に驚いて巣の穴の中を塊で飛び出してからいっぱいに広がって空を真っ赤に染めた。

幼い私は母さんに教わった通りに眼の奥に力を入れて赤い塊を見上げる。見たものは目玉の中で電気信号になる。人間の目玉はとっても優秀で、うんとたくさんの電気信号を出すけれど、脳みそに向かう筋は信号の百分の一くらいしか届けることができない。でも、幾つかの条件によってそれはかなり増やすことができるらしい。

私はそうやってじいっと見て、母さんの投げたのより少しだけ小さい石を放る。石は飛んでいるうちの一匹に当たって、ぶぶぶと羽音をさせながら落ちてきた。

母さんは地面に落ちる前に蝶を掴んで受け止めた。掌の上の蝶は、婚姻色の赤色をした両の後翅に綺麗な目玉模様が左右一個ずつついている。毎年の大群に一匹だけいる雄の、「あたり」のしるし。

良くできました。と母さんが笑って勢いよく蝶を放り上げると飛び方を思い出したみたいに慌てて群れに紛れていった。母さんは私の手を取って、まだ赤く染まった空の下を家に向かって歩き始める。母さんが一年にこの時期だけ、私たち姉妹に順番に施していた「レッスン」だった。たぶん、この「レッスン」によって私たち姉妹は、他の人と比べてかなり優れた投擲能力と視力を手に入れていたんだと思う。私たちが母さんから授かったのは、「ゲーム」でも「カード」でもなく、後に私たちもよく知るキャラクターの名前がついた「遺伝子」だった。その遺伝子は視覚神経の伝達に特徴的な優性を持っていて、母さんはそれを、今までの父さん候補を選ぶ第一条件にしていたのかもしれない。と、私は降りしきる羽音の中、しゃがみながら考えていた。

3

洞窟の中から出てきた蝶の群れが東の空に流れていくと、一瞬の間に距離を詰めていた文ネェの踵に踏み潰されて、男の顔は半分地面にめり込んで喚いていた。

「俺とお前らが死んで世の中が変わって、たくさんの人間の命が救われれば」

文ネェが踵の力を込めたら、男はぎゅうと言って黙った。

嚙みしめていた白い砂と一緒に、低い声で文ネェが吐き捨てるように言う。

「命に数とかカンケーねえんだよ」

　結局泥まみれのぐちゃぐちゃのロープぐるぐる巻きになった自称革命家の男は、島の駐在(ちゅうざい)さんに引き取られ夕方のうちには船で県警に運ばれていった。代わりに自衛隊の処理班や鑑識、報道陣がチャーター船だのヘリだのでやってきて、島はちょっとしたお祭りみたいな騒ぎになってしまった。夜まで事情聴取や取材でてんてこ舞いだった妹たちは、島の人からの差し入れを食べると、あっという間に眠りについた。文ネェは今日もやっぱり、病院から連絡があることを考えて起きている。

「八重、うまくロープ切れてたね」

「まあスライサーの扱いも長いから」

「でも母さんの方針とはいえ、このご時世で未(いま)だにみんな、それぞれ扱いやすい刃物、持たされてるんだね」

「学校にはさすがに持って行かせてないけど。山に入る時はね」

「しかも、私たちの頃より数段進化してるでしょう、『レッスン』」

「まあ、母さんの方針だから」

　私も久しぶりに自分の体のいろんな部分を使ったからくたびれたけれど、文ネェのほうはもっと、うんと疲れているみたいだった。

「無理しないでよ」

私が文ネェにそう言って横になろうとした時に電話が鳴った。

文ネェは受話器を置き、そしてまたどこかに電話をかけた後、半分寝たままの姉妹に号令を掛けて全員集合させた。

「これから芳川さんが出してくれる漁船で母さんの病院に行くから用意して」

「えーこれから？」「なんでこんな時間に？」「全員で？」「母さん大変なの？」「きとく？」

「瞳ネェと旦那（だんな）さんが病院に来てるから、これから会って朝、すぐにお母さん治療してもらうの。旦那さん、忙しくてすぐ帰国しちゃうから、時間が無いんだって」

「瞳ネェの旦那さんってお医者さんなの？」「たぶん違う。外人？」「おとこ？」「旦那さんっていうぐらいだからそうじゃない」

干していたブラウスを羽織（はお）りながら、ばんと文ネェがテーブルの角（かど）を叩くと皆が一斉に黙った。テーブルの上には、みんなが食べかけたドーナツの欠片（かけら）が、干（ひ）からびて散らばっている。見ると苺が手を伸ばして欠片を摑んで集め、パズルのようにして端に並べ始めた。

「いい、私たちの元気なところを、私たちが困らないくらい少しずつ母さんに分けるの。母さん、それで元気になるって。瞳ネェと旦那さんはずっとそういう研究をしていたから、たぶん大丈夫だって」

苺が集めたドーナツの欠片が、きちんとした円になったかどうかは解らなかった。みんなは嬌声(きょうせい)をあげて着替えを済ませ星空の下を外に出た。桟橋まで競うように走って漁船に乗り込む。小さな船は、甲板だけでなく魚を入れておく場所も私たち姉妹でいっぱいになった。

「ぎゃー」「揺れるゥ」「入るもんだな俺の船」「本当にすみません。こんな遅くに」「家に居てもアレがテレビ見てギャーギャー言ってっからどのみち眠れねえんだよ」

港に着くと、瞳ネェと一緒に旦那さんと思われる男の人が待っていた。先輩と言うよりは、教授と生徒だとかそういう関係にも見えるような、倍くらいも年上の人だった。旦那さんは、小さい船から私たち姉妹が次々に出てくるのを、まだ居る、まだ出る、と手品を見るみたいに驚いて眺めていた。

病院の施設を借りて簡単な採血や検査が済むと、妹たちを小児科の待合室や仮眠室でめいめい休ませて、文ネェと私はロビーで瞳ネェと旦那さんから、母さんの容態に関する話を聞いた。難しいことは全然解らなかったから、ただ気になっていたことだけを尋ねた。

「母は、大丈夫ですか」

瞳ネェの旦那さんはしっかり、深く頷いた。

「生体の組織移植は拒絶反応が一番怖いんです。お母様のように型が特殊な人は特にタイプの近い提供者を探すことが難しい」

と、一瞬だけ瞳ネェのほうを見て微笑(ほほえ)んでから続けた。

「だからなるたけ近い血縁の方を集めてと伝えたんですが、いやあこれ程とは」

「……ごめんなさい。先生。言い出せなくて」

瞳ネェは申し訳なさそうに下を向いた。

「いやいや、これだけ居たら何より頼もしいよ。問題無い。かなりの確率でお母様は元気になる」

私と文ネェのため息で柔らかい空気が流れた。

瞳ネェに「先生」と呼ばれている旦那さんは、瞳ネェよりもだいぶ小さくて、優しそうな人だった。逆に久しぶりに見る瞳ネェはスーツをパリッと着こなしていて、ずいぶん立派に見えた。

「きちんとご挨拶もしていなくてすみません。瞳ネェをよろしくお願いします」

文ネェが改めて頭を下げる。旦那さんは慌てて、

「いえいえ、本来ならこちらのほうがご挨拶に伺うべきだったんです。忙しいというのと、日本で籍を入れるのは、私たちには少し手続きが煩雑(はんざつ)すぎた……というのを言い訳にしてしまって。本当に申し訳ない」

瞳ネェと旦那さんは一緒に、私たちに頭を下げた。

申し訳ないついでに瞳ネェは恐る恐る数枚の古い紙の束をテーブルの上に出す。大きさや変色のしかたが特徴的で私たちはすぐに解った。

「あ」「母さんの日記」

「みんな、母さんの子供の頃のこととか、知らないでしょう」

「施設にいたってことだけは」「瞳ネェは知ってるの」「これ読んじゃったからね」

瞳ネェは中学に入る直前にあの手帳を偶然見つけてしまい、私たちに知られることを恐れてこの部分だけを千切って島を出て、ずっと隠し持っていたそうだ。

「内容があんまりショックだったから、せめて皆が大人になるまではって」

そう言って手渡された紙束を文ネェは注意深く開いた。まず最初に一筆書きの歪(ゆが)んだ円が描かれていた。私たちはすぐに島の形だと気がついた。海岸にたくさんのバツ、三角、二重丸の印。どれもすぐ意味がわかった。接岸がしやすい場所、そうでない場所。要所要所にポイントがついていて、各所に日付や温度、ポイント間の最短ルートと距離、海抜(かいばつ)、「レッスン」の場所も。それから地図の余白には小さい字で、あの手帳と同じような数字が並んでいて、横に小さく、

色々見て、この島が「レッスン」にベストだと思う。瞳を連れて出産前に移動する予定

と書いてあった。

次のページからは、新聞の切り抜きが数枚、折りたたんで糊付(のりづ)けされていた。切り抜きはぜんぶ、ひとつの事件について書かれているものだった。

数人の若い思想犯がスキー客の行くような山奥の、小さな山荘に人質を取って立てこもった。最終的に山荘は犯人たちの持っていた爆弾によって木っ端微塵に爆発して犯人、人質をはじめ機動隊、一般通行人など犠牲者は計十五人にのぼったと書いてあった。

「一般通行人？」

詳しく読んでいくとどうやら一般通行人というのは現場から少し離れた道を散歩していた妊婦のようで、爆発物の破片が遠く飛んできて足元に落ち踏んで滑って転んで打ち所が悪く亡くなったということだった。お腹の赤ちゃんだけが、事件現場に居合わせた救急隊に取り上げられて一命を取り留めたとある。

「まあ、ギリギリ直接の犠牲者と言われればそうも思えなくもないようなうーん」

「ていうかまさかその赤ちゃんが」「そう母さん」「うそお」

記事の中『犠牲者十五人』という文字の横に一文字ずつ、赤ペンで乱暴に二重丸がうってあった。まるで古い薬局にある貼り紙の『生理痛ご相談ください』の『生理痛』の部分みたいに。

「まさか」

文ネェはそう呟いてページを捲り、最後の一行に書かれた母さんの手書きの文字を見て、がっくりとテーブルに突っ伏した。

あんたらが十五人殺すならあたしは十六人産んでやる

「ある意味筋は通ってるけど……」

もう病院の窓から見える空はずいぶん明るくなって、町が目覚め始めた。新聞配達のバイクや早起きの鳥の声も聞こえる。

「母さんらしいじゃない。復讐の対象が犯人の家族じゃないところなんて」

瞳ネェは笑顔で続けた。

「それとは関係なく杜夢を産みたかったかも知れないし。そうでないかも知れないし」

「母さんのみぞ知る、ですか」

「うーん、母さんだってそんなのよくわかってないのかも」

テーブルに突っ伏した文ネェの手首を優しく手に取りながら、瞳ネェがテーブルに出した小さい巾着袋を、私は覚えていた。

『ひとみ』と拙く書かれた花柄の古びた巾着。中から出てきた錆だらけの糸切りバサミを瞳ネェは指先で引っ掛けて、文ネェの袖口でくるっと回したら、ブラウスのほつれは一瞬で綺麗になった。

瞳ネェは懐かしむように握った糸切りバサミを袋にしまうと、とても嬉しそうに言った。

「島の海はまだうんと青いでしょ」

おやすみラジオ

Radio Meme

1

4月10日（土）

ぼくの名前はタケシです。友だちにもタケシと呼ばれています。
小学四年生になりました。
パソコンの勉強にもなればいいとおもって、
ホームページのブログというものをはじめました。

前にパソコンのじゅぎょうで、インターネットになにかを書くときには
自分や友だちや家族の本名を書かないようにしましょうと習ったので、
友だちや家族は、あだ名とかお父さん、お母さん、と書くことにします。
お店の名前はいいのかな？

今日は土曜だったから、一番家が近いブチョとチャリで商店街まで行った。
たけだの横でコロッケを買った。
ぼくはコロッケはあげたてがおいしいから歩きながら食べたかったし
シャケがこわいからコロッケを持って公園の通りを行きたくなかったけど
ブチョが公園で食べたいと言うので、それもいいかとおもった。

毎日はむずかしいけど、できるかぎり日記を書いていけるようにがんばろうとおもう。

4月11日（日）

今日は友だちのことを書きます。

ぼくがいま一番遊んでいる友だちは三人いる。
ブチョと、ピッチと、ヒメだ。

ブチョはメガネをかけてて会社の部長っぽいからブチョってよばれているのだ。
ブチョは、一週間で四日もじゅくがあるから、いつもはあんまり遊べない。

モノマネがうまくて、勉強のことだけじゃなくて、
マンガのこともいきもののこともほんとうによく知っている。
だからいっしょにいておもしろい。
勉強ができてマジメなのにおもしろい。ってみんなは言うけど、
ブチョは勉強ができてマジメだからおもしろいんだと、ぼくはおもっている。

ピッチは健康しんだんの時に「けいひマン」と言われた。
「けいひマン」とは少し太っているということらしい。
ズボンがピチピチだからピッチと呼ばれている。
体が大きくて、野球のチームに入っている。「かもめドリームズ」というチームだ。
そしてまゆ毛が悲しげだ。
ピッチは字がすごくうまいのに絵がなんの絵かわからないくらいヘタだ。
だからピッチは、図工の絵にいつもなにをかいたものかわかるように
きれいな字で、だい名を入れている。

ヒメは、きょねんの国語の教科書に出てた、
へいあん時代の姫のさし絵がそっくりだったからヒメと呼ぶことになった。

ヒメはその呼び名を気に入っていない。

ヒメのお父さんは外国で仕事をしているらしい。
だからたまにおみやげの、へんな絵の服とか、よく分からない色の髪かざりをしてくる。
本人も少しいやみたいだけど、お父さんが買ってきたからしょうがないと言っている。

いつも遊ぶのは、この三人と遊ぶ。

4月14日（水）

朝、ピッチがぼくとブチョのところに相談にきた。
変な箱を見つけた、とピッチは言った。あいかわらずまゆ毛が悲しげだ。
朝、かもめドリームズの練習に行く時にやぶのところで拾ってしまったと言った。

ようぐ室のうらの階段の下にかくしたから、
お昼休みみんなで見に行こうということになった。

それはちょきん箱みたいな、黒くて四角い箱だった。

中になにか入っているみたいだけど、たたいてもふっても音がしない。
いろんなスイッチや回す所があるのだけど、どれをいじっても何もおこらない。
箱のはじっこに銀色のでっぱりがあって、つまんだらのびて、ぼうが出てきた。
古すぎてこわれているか、ぶひんが足りないんじゃないかってブチョはいった。
でも四角い箱の開け方はわからない。

ピッチはばくだんかもしれないといって心配したけど
ぼくとブチョのたすうけつでこの箱のことをしらべてみることになった。

4月15日（木）

きのうピッチが拾った箱はラジオというものかもしれないってブチョが言った。
ブチョの手帳には、家でしらべてきたラジオについてのことが書かれていた。

ラジオというのは、テレビみたいにニュースとか、歌ばんぐみとかあって、
音だけが聞こえるものだ。
でも、こういう形のものは、今は売っていないらしい。

ばんぐみが聞こえないから、こわれているのかもしれないな、と思っていたら
ブチョが、これをなおしてみようといった。

気のせいか、少し大きくなっている気がする。

4月17日(土)

学校がおわって、ぼくたちは公園でラジオをしらべることにした。
電池を入れるところは見つからない。電源のコードもない。
古くなったネジが角(かど)にひとつずつついている。
ブチョがドライバーを持ってきたけど、どれもあわないみたいだった。
むかしのもので特別なねじなのかもしれない。こまった。
ラジオはまた大きくなっていた。

4月21日(水)

今まで北こうしゃと体育館のあいだの階段にかくしていたラジオを

別の所にかくそう、とヒメがていあんした。
このままだとラジオのことがばれちゃうかもしれない。

けいかく通り、ぼくらはラジオを図書館にかくした。
ここは百円がもどってくるやつだから、お金がかからない。
「三日以上入っているものは取り出します」と書いてあったけど
毎日入れるところを変えれば、
入れっぱなしにしていても夜に開けられることは無いみたいだ。

たまにブチョが持って帰って研究をしたいというし、
習いごとの日や休みの日のこともあるから、
カギをたけだの横のポストのうらがわにはっておくことにする。
これでしばらくは安心だ。

ぼくたちはラジオをなおすと決めたから、がんばる。
このラジオからは、どんな音が聞こえるんだろう？

2

比奈子の最近の悩みの種は「カジワラさん」だった。

カジワラさんは比奈子が授業を受け持つ絵手紙教室に来ている生徒で、半年前からほぼ休みなく通ってくれている。定年を迎えて五年以上は経つであろう、とても多趣味な男性だった。ほぼ崖と言っていい険しい山に登ったと、妙な形の木の実を拾ってきたり、浜辺で拾った巨大な流木を抱えてきて、これをハガキサイズの絵手紙に描きたいと言い張った。

細く頬は削げているのに眼だけ大きく、背筋はまっすぐで姿勢がいい。汚れてもいい服装でと毎回言っているのにもかかわらず、カジワラさんは教室に来るとき、いつも糊の強くかかったズボンとシャツに、ループタイを大きな天然石のタイ留めで締めている。カジワラさんが来ると比奈子の背筋はぐっと伸び頬は強張る。

カジワラさんはいつも、比奈子のアドバイスをじいっと聞いていたかと思うと、

「もっとこう、目に見えるのでない深い余韻のようなものを描きたいのです」

などと口走るような、とにかく面倒くさい人だった。比奈子は最終的にいつも、

「ええそうですよね。そのあたりは、ほら、人それぞれですから」

と、口にした自分でもびっくりするほど適当に言いくるめてしまうのだった。

比奈子が講座を終えて帰宅する頃、ワンルームの部屋は電気をつけても薄暗かった。

小さなテーブルの上、開いたままのノートパソコンの前に比奈子は座り込む。電源を入れっぱなしにしていたそれは、幾分(いくぶん)小ぶりなマウスに手を載せるとすぐにモニタのバックライトが目を覚ました。ブラウザの横に現れるお気に入りプルダウンの中から一つの文字列を叩(たた)くと、クリーム色をしたシンプルな画面が表示される。先週見つけたこの日記には、見ず知らずの男の子たちが拾った奇妙な箱について書いてあった。

比奈子は、このブログが子供の日記の形式を取った創作物なのだろうと思い、そのため半ば冷やかしで、気が向いた時に読み流していた。

それでも新しい日記が更新されて読み進むうち、比奈子の心に得体(えたい)のしれない違和感のようなものが生まれ始めてもいた。最初はそれが、文章の稚拙(ちせつ)さから来るものかと思い何度か過去の日記も含め読み返していたが、それとも違う、なにかのササクレが、比奈子の中にまるで日記の中の「ラジオ」なる箱同様に、徐々に大きく育っている気がしていた。

4月25日（日）

最近ラジオのことがばれるのがしんぱいだ。

動き回らないから、にげるしんぱいは無いけどラジオが見つかったら、たぶん大事件になってしまうとおもう。
だって、最初は手のひらにのっかるくらいだったラジオの箱が
もう抱えるくらいに大きくなってきたからだ。
もうすぐあそこにはかくし切れなくなるかもしれない。

4月28日（水）
ぼくは家で見つかるだけいっぱいドライバーを持ってきた。
ピッチもおじいさんから、なるべく古いものを借りてきたんだけど
ラジオのねじとはあわないみたいだ。

3

空の色はスーパーに入った時とはうってかわって重く空気は生暖かく、大粒の雫（しずく）が埃（ほこり）じみたアスファルトをみるみる水玉模様に打ち叩き始める。
参ったな、と比奈子は大きな買い物袋を両手に提（さ）げたまま、スーパーの駐輪場前に設（しつら）えられている庇（ひさし）を見上げた。

このまま商店街を抜け、しばらく歩けば家に着く。ただ、この商店街には屋根がついていない。それぞれの店の軒先に設えられた庇を渡り歩くしかないだろうか、酷くなる前に走って帰ったほうがいいのか、それともまだ向こうの空は明るいから、予定している買い物をほかの店で済ませているうちに止んでしまうかもしれないな。悩みながら比奈子は庇の下に立って雨だれを眺める。

普段立ち止まらない場所から、通り慣れた商店街を眺めている。目の前にある店の壁がカーキ色であることや、花屋がフロリスト武田という名前だというのを初めて知ったかも知れない。向かいのたばこ屋は鴻巣商店。花屋の隣は肉屋。何度となく歩いている商店街でも、店舗名は知らないことが多い。通り雨の勢いは緩むことがなかった。

傘を差した初老の男にひかれて歩く大型犬は、その黒光りする図体に黄色いレインコートを巻きつけている。背に雨粒を受けて、だるそうに比奈子の前を通っていった、かと思うと唐突に水飛沫を散らして躍り上がり、走り出した。初老の男は引きずられ綱に縋りそれを追う。比奈子の視線の先で、犬は花屋の店先で庇の下に仕舞われた花々のバケツをすり抜け、肉屋の前で尻尾を振り大きく一度吠えた。

「こら、シャケ」

溜息交じりに老人が口にした犬の名前。比奈子は聞き流しそうになったが、それからすぐ、自分が件の小学生ブログ日記に感じていた違和感が何なのか気づいた。

武田、角のポスト、隣の肉屋、もう少し歩けば青果あおき。曲がれば確か小さな公園があった。比奈子が感じていたのは、この既視感だったのかもしれない。商店街の反対側出口にある、名前も知らない電器店。踏切を渡って駅の向こう側にある図書館。

比奈子は混乱した。偶然の一致か、あるいは作者がこの町の人間なのか。創作物にリアリティを持たせるために、身近な町や出身地を舞台に選んだのだろうか。

光が差した。雨上がり特有の熱を持った日光を受けた比奈子は、はっとして歩き出した。花屋の斜め前辺りで立ち止まり、しゃがみ込んだ。ビニール袋の片方を地面に置いて、手を伸ばす。比奈子の腕は、花屋の角に立つ鉄の塊の一本足の周囲をさまよい、裏を探り当てた。引き毟ると、手には輪にしたセロテープの貼り付いた小さな鍵があった。

日の光が濡れた地面を熱と共に照り返して散らす中、水滴をレインコートの背中で湯気に変えながら大きな黒犬がもう一度、吠えた。

「これシャケいくぞ。すんませんね」

「いえいえ、ふふ。シャケちゃんはうちの揚げ物の匂いに目がないですからねえ」

老人に綱を強く引かれ、犬は物欲しそうに鼻をピスピスさせながら商店街の、来たほうと反対側へ進んでいった。

比奈子はしゃがんだまま掌の小さな鍵をしばらく見つめていたが、地面からの照り返しをうけて立ち上がると、買い物袋を持ち足を進めた。普段、駅までの通り道として無意識に歩く商店街を、いつもの何倍も視線をめぐらせながら進んだ。

曲がってすぐ、商店街と平行に走る線路の踏切に出る。閉じた遮断機越しに視界を横切る電車は、くすんだシルバーの車体に水滴が散り光っていた。

比奈子がその図書館に入るのは、引っ越してきてから二度目だった。こぢんまりして児童図書館の雰囲気が強く、入口周りにも絵本の棚が並び、ロビーの半分をソファの並ぶラウンジ、もう半分はカーペット敷きにして子供が寛げるように造られていた。

比奈子は注意深く館内を見回した。土曜だけあってロビーには大人が何人か、新聞や雑誌を眺め寛いでいる。

比奈子は館内に少しでも、あのブログの存在を知っていそうな様子の人物――それはあの日記に出ている子供でも、日記の読者、あるいは作者に関わっているような大人でも――が居ないかと目を配らせた。もしあの日記が創作物であるならば、鍵をポストの裏に貼り付けた意図はなんなのだろう。あるいは、もし、あの日記が実在する小学生タケシによる本物なら、それ以上に大きな疑問が浮かぶ。

あの、ラジオと呼ばれている機械は一体なんなのだろう。

ロビーの窓際に、公衆電話と四×六マスのコインロッカーが備え付けられていた。スモーキーブラウンの半透明な扉で、使用しているかどうかの確認が容易なうえ、数も少ないので、比奈子の手にある鍵の数字はすぐに見つかった。挿して捻ると鍵穴の真下から乾いた金属音と共に百円玉が受け皿に落ち、扉が開いた。

奥には茶色の皺くちゃな紙袋が入っている。比奈子が紙袋を手に取ると、何かが入っているしっかりとした手ごたえがあった。

　じゃらり、とした音と重みのある感触で、それは金属だと思われたが、ひとつの塊のものではないようだった。比奈子は中を見もせずに紙袋ごと自分の買い物袋に突っ込むと、ロビーを不自然に見えないくらいの早足で抜け、外へ出た。

　図書館を背に道を急ぎ、曲がり角の電柱を回り込んで目につかない場所に立つ。雨上がりの路地にはほとんど人通りが無かった。古く粉の吹いたガードレールの切れ目に寄りかかるようにして、比奈子は再び念を押すように左右を見て、紙袋を取り出した。捻って閉じられた紙袋の口を恐る恐る開き、覗き込む。

　いくつもの細い金属棒のようなものがぶつかり合う音が響いた。比奈子は中身を目にしてしばらく考え、それから紙袋を手提げに納めると、商店街の本通りに戻り、歩いた。

　オレンジ色の屋根が目立つ店の軒先には、個々の家庭で役割を終えたらしき冷蔵庫や電子レンジが野晒しにされていた。出入口は狭く、入ってすぐ目につくガラスケースは、角をガムテープで補修されている。中には売りものとは思えないほど古びた何かの部品が幾つも並んでいる。初めて目にするそれらは、どれも何に使うものか解らなかった。

「いらっしゃい？」

店の奥は薄暗く、人が居たことに比奈子はひどく驚いた。意外にも、自分より若そうな、大学生風の男だった。

「それ、電球じゃないよ。真空管」

「あの、ここ、やってるんですか」

相手の年齢が近いことが理由だったかもしれないが、言ってしまったことがとても失礼だったと気付き、比奈子は慌てて言葉を繋いだ。

「すいません、ここは古いものの修理とかって」

「どんなもの」

「ええと、ラジオ？……とか」

「モノによるけど。見して」

男はおよそ接客しているとは思えない口調で答えながら、掌を突き出した。男の視線の先には紙袋が、比奈子の腕に硬く抱えられている。

「あ、今は持っていないんです、けど、これは……」

と比奈子は紙袋を差し出した。男は比奈子の腕の中にある袋の口を指先で引っ張って中を覗き込んでから、袋を奪い、目の前のガラス台に中身を広げた。

錆びて乾いた音と共に、様々な大きさ、太さのドライバーが転がり出てきた。柄についたプラスチックの色も赤、黄、緑とバラバラだった。中には古びて変色した、木製の柄のものもあった。薄暗い中でも、男が訝しい表情になるのが比奈子には解った。

「ここにあるのと違うドライバーを探してるんです。ここの、全部使ってみたけど、古いみたいでうまく合わなくて」

「ふーん」

男はしばらく、散らばったドライバーを指先で転がしたり、一本拾い上げては眺めたりしてから口を開いた。

「これ、全部突っ込んだの」

「はい……多分」

「古くて錆びてるネジ山に、こんな片っ端から突っ込んでひねり回したら、ネジ山なめちゃったんじゃねえの」

「なめる？」

少しの沈黙の後、二人の間の薄暗がりに溜息のような空気の流れが生まれた。呆れられていると比奈子は感じた。

「長いこと嵌ったネジは錆びて固まるし、ミゾ幅も変わるし、無理やりこじるとネジのミゾごと崩れるし」

早口で言いながら、男はかき集めるようにして紙袋にドライバーをしまうと、比奈子に押し戻した。

「ネジ山なめちまってたら素人じゃ難しいから。外す方法いくつか、ないことはないけど、まあ、持ってくりゃ見るよ」

そう言って男は、奥の小さな扉の向こうに潜り込んで消えた。紙袋を抱えたまま、比奈子は暗い店を後にしかけた。

「これ、持ってけば」

比奈子が振り向くと、暗がりの中から小さなプラスチック製のボトルが手元に飛び込んできた。比奈子はボトルをとり落とす。足元から拾い上げると、うっすらと油膜で汚れた、油さしだった。

「ネジの周りに差して、しばらく置いときゃ少しはマシになるんじゃねえかな」

暗い奥から声だけがした。

4

比奈子はその後もスーパーの周り、近所の広場、遊歩道の藪などを探したが件の日記にあるラジオを見つけることはできなかった。ふと、自分は何をしているんだろう、と、とても奇妙な気持ちになって、図書館に戻った。

図書館のロビーに入る。カウンターにある閲覧申込みの紙を一枚とボールペンを手にして、ロビーの椅子に座った。なるべく、簡単に、解りやすい言葉で。

　考えた末に、ずいぶんとぶっきらぼうな言葉になった。


『オイルを入れておきます。つけておくとねじが回りやすくなるかも。でも、ネジがとっても古いものなら、でんきやさんにしゅうりに出したほうがいいと思います』


　ロッカーの同じ場所に紙袋を戻すと、百円玉を突っ込んでカギを捻った。花屋の前に戻ったところでセロハンテープの無いことに気づき、スーパーの袋の口を留めてあった『THANK YOU』というプリント入りのテープを注意深く剝がして指先で輪にし、鍵につけて元と同じようにポストの裏に貼った。

　比奈子が買い物袋を提げアパートに戻るころには、熱を持ったアスファルトが通り雨を完全に乾かしていた。

　鍵を挿して家に入り、まずテーブル上に開かれたままのノートPCの電源ボタンを押した。買い物袋から取り出した牛乳を冷蔵庫に突っ込んで上着を壁のハンガーに掛け終えたと同時に、耳慣れた和音が響き、バックライトが点った。

　すぐにブラウザを開き、メニューを叩く。例のブログに新しい記事はなかった。多少の落胆をしながら、比奈子はビニール袋に残った買い物の整理をした。

ふと気づくと、雨宿りしていたにもかかわらず肩先や髪が水分を含んで重くなっている。比奈子はユニットバスにあるガスのスイッチをつけた。

比奈子が、小窓から日を受けて光を揺らす湯に浸かりながら考えていたのは、ブログを綴るタケシやその日記に登場する子供たちのことでも、その手に抱えられているであろうラジオのことでもなく、比奈子自身の幼い時のことだった。

その日、ホテルの冷房が壊れたと言って父は比奈子を外へ連れ出した。仕事柄なのか子供の頃からの特徴なのか、父の声は必要以上に大きくフロアに響いたため、ロビーでソファに沈んでいる何人かの白人やアラブ系の有色人種を振り向かせた。父は構わず大声を上げて日本語とどこかの言葉と英語とをごちゃ混ぜにしながらホテルの従業員に伝えた。比奈子が解る日本語の部分から推測すると、冷房を今日中に何とかしてくれ、というような内容だった。棒のように細く軽い(そのために周りにずいぶんと心配をかけていたらしい)比奈子は、父の大きい腕に抱えあげられ、太い首にしがみついたまま、ホテルのフロントを横目にふわふわとロビーを進む。

大理石を幾何学模様に色分けされた床や太い柱は時代がかっていて、そこを横切って宿泊客の荷物を運ぶ台車の金色パイプは、ポーターが握る部分のメッキが剝げて黒ずんでいた。

ホテルの外は空気が黄色かった。父は、ホテルの回転扉を出ると、ハイヤーの影で存在感を放っているピックアップの助手席に、比奈子を抱えたまま乗り込んだ。

連れて行かれたのはおそらく、当時の父の仕事場だったのだろう。テントが整然と並ぶ場所の合間（あいま）のあちこちに、比奈子がよく知ったスコップやカゴといった原始的な道具と、どう使うのかまったく推測できない機械が混在して広げられていた。父は比奈子を一台のキャンピングカーに放り込むと、さっさとテントへ行ってしまった。

車の中は、入ってきたばかりの比奈子の頭が痛くなるほど冷えていて、テーブルだけでなく床にも椅子にも水の入ったタンクや薬品瓶（びん）が並んでいる。どうやらここはくつろぐための場所ではないようだった。車内に一人だけいた日本人の女性が書類の整理をしながら、たまに「退屈でしょう」とか「何か遊べそうなもの無いかしら」と気にしてくれる。

小さな窓から外を見ると、ひらけた場所は幾筋か溝状に土が削られていて、所々穴が掘られている。あちこちでは白い一枚布の服を身につけた黒い肌の男たちが、さっき見かけた原始的なほうの道具を持ち作業をしている。その間を父は両手を広げ紙を広げうろうろして男の一人に話し掛けては笑い、空を見上げて息をつき、比奈子に気付いて手を振った。

しばらくして休憩を取った父は、比奈子を連れて、石造りの古い建物に入った。これは修復された壁画で『祭祀（さいし）の大岩』と呼ばれるものだと言って、父は比奈子を立入禁止ロープの中に入れてくれた。

比奈子は壁画を見上げ、手を伸ばしてその表面に触れた。岩のざらついた手触り、古い土の匂い。岩の側面には何かの道具で刻まれたことが明らかな溝がうねり、意図的と思われる形をなしていた。

「これは、文字なの絵なの」比奈子は父に尋ねた。

「絵だし、文字だよ」

熱心に、真摯に壁の創に触れながら歩く比奈子に、父が続ける。

「ほんの数十年前まで、この文字を読んで、話して使う人が近くの集落に生きてたんだ。姉妹だったそうだ。百歳近くまで生きていたけど……」

「いっぺんに死んじゃったの？」

「いや……先に一人だけ」

試すように父が言葉を切った。比奈子の父はよくそうして、比奈子自身に続きを答えさせるような話し方をした。比奈子はそれが、自分で答えを作る謎解きみたいで気に入っていた。

「話す相手がいなかったら、言葉の意味が無いね」

父は舞う砂が痛かったのか目を細めた。

風呂から上がった比奈子は、雨に濡れた服を手早く洗濯機に突っ込んで洗剤を流し込む。スイッチを入れてから、再びテーブルのそばに座り、習慣めいた手つきで左から五番目のファンクションキーを叩くと、新たな記事が画面の上部に生まれた。

5月2日（日）

今日、なんだかふしぎなことがおこった。

だって、ありがとうって言うのは教えてもらった人が使う言葉だからだ。

サンキューって、英語でありがとうという意味なんだって

ブチョが教えてくれた。やっぱりブチョは頭がいい。

ありがとう！

でも、やっぱりラジオはぼくたちで直したい。そうきめたからだ。

ラジオのねじに油をつけた。少しまって、しみこんだら開いたりするかもしれない。

5

日曜から先、連休中に件のブログが更新されることは無かった。やはりあれは誰かを引っ掛けるための悪戯(いたずら)だったのか、自分があの鍵を手にするべきではなかったのか。比奈子は妙

な夢を見たような気持ちでいた。

絵手紙の教室が終わった後、比奈子はカジワラさんに呼びとめられた。

「先生」

普段どおりの皺のないシャツに、今日はベージュの千鳥格子の鳥打帽を合わせている。

「先生は表富士と裏富士、見たことがおありですか」

「え、あ、静岡とか山梨の」

「円錐状であるはずの富士山の表と裏を規定している、あの愚行であります」

「はあ」

「私の作品を、もっと忌憚のない言葉で評してくださいませんか」

胸にはいつもの、天然石のループタイ留めが光っていた。まるで撃ち殺しにきたのではないかとでもいうような、鬼気迫る表情をしている。比奈子は喉から絞るように声を出した。

「……いつも申し上げてることに、嘘はないです。カジワラさんはとても熱心ですし、一生懸命描くものに悪い作品なんて、無いと、私自身は思いますけど……」

「そうじゃないんだ！」

カジワラさんがいつもよりずっと大きな声を出したので、比奈子は息を呑む。

「私は、もっと、美術について、自分の作品を通して、深く議論をぶつけたいんだ！　周りの爺さんや婆さんみたいに、暢気にお絵かきをしに来たんではないんだ！」

そう言い終えるとカジワラさんは足音高く廊下を歩いて行ってしまった。


最寄り駅に帰り着く頃にはすっかり日が暮れていた。比奈子はカジワラさんのことですっかり疲れている。今日はどこかでお弁当を買って帰ろう。そう考えながら店の並びを見渡す比奈子の目に映ったのは、商店街の中程の角を曲がってすぐ向こうに見える公園だった。

駅前の路地に面しているため広くはなく、小さな滑り台とブランコ、砂場の一部が見える。夜に人が来ることを想定していないのだろう、街灯は入口付近の消火器ボックスの傍に細いものが一本立っているきりだった。そのため公園の中はあまりよく見えない。

あの日曜日、ラジオなる機械をあちこち探し歩いたとき、この公園に入らなかったことを比奈子はずっと気にかけていた。子供が何かを隠すとしたら、公園という選択肢もあったかもしれない。比奈子は公園に入っていった。

公園には誰も居なかった。真ん中で辺りを見回した後、比奈子は出入口の対角にあるベンチに腰を掛ける。

公園に来るなんてどれくらい振りだろう。昼間に子供が居るべき場所に、夜こうして忍び込んでいることに、比奈子の心は昂揚した。暗いところに居るという怖さはない。却って比奈子自身が恐怖の対象として人の目に映るのではないかという期待や、暗さに目が慣れたために怖いものと一体化したような心強さを感じた。比奈子はベンチに座ったまま、子供のように足をぶらぶらさせる。

かかとに感触があった。比奈子は体をかがめて腕をベンチの下へ伸ばす。

指先に小さな、手で握れるくらいの布製の何かが触れ、摑んで拾い上げる。街灯の明かりにかざすとそれは女の子の髪飾りで、蝶々結びのリボンに髪の毛を留めるための金属ピンが付いたものだった。リボンの真ん中には、太陽の真ん中に目や鼻、笑った口を描いた、けばけばしい原色の粘土細工が付いている。

「なに、これ」

どこか南国の手作りの土産品のような、奇抜なデザインの髪飾りだった。比奈子はその髪飾りで、自分の耳にかかる髪の束を留める。小さな子供用のものだからか、留められる髪もほんの少しで、つけても意味の無いようなものだったが、いっそう自分が座敷わらしにでもなった気分になり、足をぶらつかせた。

「ヒメちゃん？」

公園の入口辺りから声がした。自分以外に誰も居ないとすっかり油断していた比奈子の体が、一瞬で強張った。声のしたほうを見たが、逆光のためよく解らない。ただ、その声には聞き覚えがあった。商店街の、あの古ぼけた電器屋で。

男はもう一度、比奈子に向かって声を掛けた。

「ヒメちゃん、じゃない……よな？」

男は比奈子と入ったファミリーレストランでビールとほうれん草のベーコン炒めを頼んでから、ホットコーヒーを頼んだ比奈子に質問を投げた。

「あんた、こないだ店に来ただろ」

比奈子は顎を一度縦に落とした。

「あのブログ書いてたの、本当にあんたじゃないのかよ」

「え」

男はキシダと名乗った後に、親指を滑らせていたモバイル端末の画面を比奈子の目の前に突き出して見せた。

6

5月6日（木）

連休が終わったら、ヒメが消えてた。

先生は、ヒメが引っこしたことだけ言って

あとはすぐに社会見学の話をはじめた。
かえりにヒメのうちを見たら雨戸がしまってて表札もはずされてた。
ブチョとピッチとひみつ基地に集合して作戦かいぎをした。
ヒメが、ぼくたちにどこに行ったかも知らせないで
どこかに行くはずなんてないとピッチが言った。
ヒメはどこに行ってしまったんだろう。

5月10日（月）

みんなで手分けをして、
ヒメの家の近所の人にヒメの家のことをきいている。
ピッチはしゅふの心をつかむのがうまい。
自分でも気付かないとくぎってあるものだ。
これはきっとしょうらい役立つだろう。

しかし、しゅふというのは
あそこの家は父親がふうらいぼうだとか
カテイをかえりみないとか勝手なそうぞうばっかりいうので
ピッチはつかれるらしい。マダムキラーもたいへんだ。

5月12日（水）

今日はゆうりょくなじょうほうをえた。
ヒメがきのうのよる、公園のベンチですわって泣いてたらしい。
ヒメは気をつかうタイプだから、あまりわがままをいわない。
でもがまんして悲しんでるとしたらいやだ。
なんとかして、ひっこした理由とかなやみを聞いてあげたい。

比奈子が見ているブログとはデザインもタイトルも違ったが、出てくる子供の名前はまったく同じだった。ただこの日記には——

「ラジオが出てこない……」

「ああ」

「私が読んでるのと、違うものだと思う。これ」

比奈子はあわてて自分の携帯電話を取り出すと、例の日記に繋がりそうなキーワードで検索をかけた。ラジオ、ヒメ、タケシ、ブチョ、ピッチ。どれもうまくヒットしない。

「で？」

しばらく黙って比奈子の様子を見ていたキシダが口を開いた。

「で、って……言われても……」

「あんたが読んでたっていうやつ、多分俺も読んでるから知ってる。つうか、この関連のブログは、いっぱいあんだよ」

キシダは再び端末に指を滑らせてから比奈子の目の前に突き出した。

「もっと言えばブログだけじゃない。ほかにも、ＳＮＳアカウントとか、掲示板の書き込みとか、とにかくタケシとか、ラジオ周りの情報が散らばってんの。そん中で、ヒメが消えた記述があるのがこのブログ」

比奈子は、早口で話すキシダを見て言う。

「こんなに、いつから調べてたんですか」

「こないだ、あんたが店に来てからだよ。普通、自分の身に日常と違う妙なことが起こったら、徹底的に検索すんだろ」

比奈子はあのブログに出てくる子供の名前の検索すら、今の今まで試していなかったことに気付いて、黙った。

「て、いうかさ。これがテロ活動かもしんねえとかって、思ったりしねえの」

「……え？」

「おまえ、馬鹿のふりしてんの？　だったら下手くそだな」

比奈子は目の前のキシダという男にささくれ立った印象を抱いた。

「テロって解る？」

まるで小さな子に言うように口の端を曲げて半笑いを浮かべながら訊いてくるキシダに比奈子は応えた。

「知ってます。爆弾仕掛けたり……」

「する必要なんか無いの。そんなこと。言えばいいだけなんだよ。爆弾仕掛けた、とか、毒をまいた、とか。もっと賢いのは、あいつが毒をまいたって言いふらす」

「あいつ？」

「自分が邪魔だと思っている奴ら……例えばそいつらが毒をまいたってどこかで聞いた、って言えば自分の手は汚れないし、それが間違いだって解ってもあくまで善意で言ったことだと言い張ったら、罪に問われる可能性も少ない。邪魔者の評判も下がって、それ以上に社会自体が殺伐(さつばつ)としてればリンチの標的にだってなりうる。社会を混乱させるのにわざわざ自分の手を汚す必要なんてねえんだよ」

「嘘(うそ)のブログが、どうやってテロになるんですか」

比奈子の問いに、キシダは一層の早口で答えた。

「広いネットワークに挟まった砂の一粒が巨大な集団ヒステリーのきっかけになることだって、いまどき、ぜんぜん珍しくないいんだぜ」

「はあ……」

「とにかく言えるのは、言葉とか情報とかってもんが世界に生まれるからには、それによって得する人間がどっかに絶対居るんだってこと。それがデマかどうかなんてのは、この際、関係無いの」

比奈子はキシダを見た。ぼさぼさの頭は白髪(しらが)まじりだが、顔立ちは幼ささえ感じさせる。学生のようでもあり、また、四十代だと言われればそのようにも思えた。比奈子の視線を気にもとめず、キシダは届いたグラスビールに口をつけて喉を鳴らした。

得をするために書かれる文章。

比奈子は父と百科事典を読んでいた時のことを思い出した。

比奈子は、父と住んでいたころ、父の書斎で遊ぶことが多かった。そこにはたくさんの本が壁いっぱいに並んでいた。研究者にしては珍しいとよく言われていたが、父の机はいつも綺麗に片付いていた。そしてひどく散らかしさえしなければ、どの本でも読んでいいとさえ言われていたが、それらはほとんどが日本語以外の言語で書かれていた。そのため手に取るのは図版が豊富に入った事典の類で、古く重く、比奈子の手では抱えるのも難儀だったが、何よりお気に入りだった。父も時々は比奈子の横に腰掛けて、この昆虫はこういう名前で、こういう国にはこんな動物が居てなどと解説をしてくれることもあった。

「昔の事典は、実際に無い言葉や物事を混ぜてあるんだ」

「嘘の言葉？」

「そう。嘘の」

「なんで」

「うーん、いくつか理由があるんだけど、例えば有名なのは、昔は一生懸命調べて作られた事典を丸写しして売ってしまったりする人が居て、そうされないように嘘の言葉を混ぜたんだ。嘘の言葉は存在しないから、逆に言えば調べる人も居ない。調べるために買う人は、嘘が混じっていても不便に思うことは余りないから、当時はいい方法だったんだろうね」

「事典が重くなるけどね」

「ああ、そうだね。それは不便だ」

と比奈子の父は声を立てて笑った。比奈子は再び尋ねた。

「でもどれが嘘かばれたら、混ぜた意味が無くなっちゃうでしょう」

「そう、だから嘘の言葉を作る人も一生懸命、ばれないような言葉を作る。どんな言葉を混ぜたか、幾つ混ぜたかは、その記録を金庫に入れてずっと仕舞っておく。でも、ある日もし作った人が事故で死んだり、記憶喪失になったり、金庫が火事になったり、戦争で無くなったりしてしまったら」

「どうなるの」

「どうもならないよ。ただ世の中に言葉とその意味が増えるだけだ」


比奈子はカジワラさんとキシダという酷く話しづらいタイプの人たちとの会話に疲れ果てて帰途についた。キシダにブログのURLを送ってもらうため、メールアドレスを教えてしまったことを歩きながら何度も後悔した。キシダという名前が本名なのかどうかさえ解らない。

比奈子は帰宅した後、疲れのあまりテーブルの前で寝入ってしまい、夜中に目が覚めるとキシダからURLとパスワードのみのメールが届いていた。アクセスしてみると、さっきキシダに見せてもらったものに、ひとつ新規の記事が書き足されていた。

5月14日（金）

ゆうがたぼくたちは公園をながいこと調べたけど、
ヒメに関するてがかりはまったくつかめなかった。

もうおそいから帰ろう、とピッチが言った。
今日はブチョもじゅくをはやびけしているから
あんまりずっといられない。

ざんねんだけど、今日のところはかいさんした。

日の暮れきったあの公園から、肩を落として帰宅する子供の姿を想像して比奈子は胸を痛め、そうしてふと気がついて髪の毛に手をやった。指先に触れたものを取り外して眺める。夕方から着けっぱなしにしていた掌の上の髪留めは、やはり明るい場所で見ても妙な柄だった。

7

比奈子のPCにキシダから二度目のメールが入っていたのは、翌週になってだった。文面も会った時の印象通り杜撰（ずさん）というか乱暴というか、短くぶっきらぼうだった。

【かなり強力なヒントになるんじゃねえかっていうもの、見つけた】

比奈子がメールに埋め込まれていたURLを慌てて叩くと、開かれたページにはSNSへの登録を促（うなが）すボタンが表示された。比奈子は躊躇（ちゅうちょ）しながら、それでも『次へ』進んだ。ビジターとしての登録であれば、個人情報の入力は最低限でよかった。

エンターキーを押すと、画面にはブロック状にデフォルメされた街のグラフィックが広がり、中央に水の滴（しずく）のような形をしたアイコンが現れた。表面に小さな目鼻がついている。

『ヒナ　さん　ペリカンビレッジにようこそ』

比奈子の分身であるアイコンは、画面上の街角で所在無げに滴の先を揺らしている。街中あらゆるところに居る他のアイコンは様々な形や色をして、ほとんどは幾つかでかたまっている。画面上のあちこちには、そうした彼らの発する言葉が書かれた吹き出しが浮かんでいた。

ヒナのアイコンに、四つ葉のクローバーの形をしたアイコンが近づいてきた。

『初めまして、かな?』

と画面上に新しい吹き出しが浮かぶ。会話入力窓が比奈子の画面上に現れた。比奈子はこわごわキーを打つ。

『ラジオ』と打って、比奈子はエンターキーを押してしまった。ヒナのアイコン横に『ラジオ』という三文字が吹き出しとなって浮かぶ。クローバーのアイコンがぴょん、と跳ねた。

『私もラジオちゃん、だいすき！　流行(はや)ってるんだよね。いっしょに見に行こう』画面上にいたいくつかのアイコンが『ラジオちゃん?』『私も』と吹き出しを浮かび上がらせた。

『今日はどこにいるの』『ラミィタウンらしいよ』『ってことはあの丘』『だね、混乱が少ない』『バスチケもってる?』『右側のところで買えるから』『初めてでしょう、私こないだ回数券ゲットしたから、一枚あげる』『あのアンケートで』『私ももらった』

　画面に『ラムさんから　バス・チケットが送られました』という文字が浮かんだ。

　バスは街角のいたるところにある、バス・ストップと表示された場所から乗ることができるらしい。バスを待つ間に、ヒナは皆が話すラジオについての雑談を聞く。正確には、浮かんでは消える吹き出しを読む。

『ラジオちゃんは神出鬼没で』『会って話ができると今日一日ラッキーみたいな』『ラジオちゃん情報の掲示板を追えば大体その日の出没場所が』『最初公式イベントだと思ってたんだけど』『どうやって作ったんだろうね、ラジオちゃんって』

バスに乗ってからも、あらゆる形のアイコンが『ラジオちゃん』について語っていたが、そのどれを読んでも、ラジオがほかと同じアイコンなのか、また動物なのか、機械なのかさえ比奈子には解らなかった。

ラミィタウンはさっきまでヒナたちがいたペリカンビレッジよりずっと人が多かった。

『やっぱいっぱい』『しかたないよ。情報待ちで追っかけるラジマニも居るんだもん』『せめて同じスクリーンに入りたいなあ』『他の人のログアウトのんびり待てばいいよ。最近はラジオちゃん結構長く出てるらしいから』『だといいけど』

画面上のラミィタウンは、アイコンで鮨詰めになって動けない。自分のアイコンがどこのどれなのかも解らなくなるほどだった。色とりどりのアイコンが居た。たまにその中のひとつがふつっと消える。ログアウトすると、次のログイン時には自分のタウンに戻るらしい。空いた隙間は後ろに並んだアイコンが見る間に詰めていく。そうやってヒナのアイコンも少しずつ前に進んだ。

画面端に『ラジオ発見』という文字が現れた。

『あラジオやったー』『どこちょっと見えない』『あ、いたいた、かわいい！』

ラジオが居るらしき場所に向かって徐々に吹き出しの数が増えていっている。おそらくラジオが居るであろう場所は、もはや吹き出しだらけで何も見えない。

『ラジオ万歳』『やだもう全然見えないんですけど』『みんなラジオちゃんとお話ししたいん

だよ』『あ、ちょっとだけ見えた』『うそどこ』『一瞬だよ一瞬、もう無理』『順番っていうけど、いっぱい居るんだから早くしなよ。解ってよ』
比奈子はログアウトのボタンをクリックした。

8

雨の日や寒い日、絵手紙教室の生徒は休むことが多い。ましてやこんな季節外れの記録的な豪雨の中、電車もバスもまともに運行できないような日に生徒が集まるはずはなかった。比奈子は受付で振り替えの手続きと、念のため生徒が来ないように連絡網の確認を済ませると、誰も居ない教室の窓を施錠(せじょう)確認するために手を掛け、気が付いた。

窓の外、酷い雨の中で風にあおられながら人間が立っている。立っているというよりは、斜めに漂っているという感じだった。摑んでいる傘はとても洒落(しゃれ)た紳士傘だったと思われるが、もうとっくに棒だけになっていた。こんな荒天(こうてん)では傘よりもレインコートのほうがいいだろうに、彼はいつもどおりパリッとした、でもずぶ濡れのシャツ姿だった。首に巻きついたループタイが真横に靡(なび)いている。

「カジワラさん」

「せんせえー。私はどうしても解らんのです。芸術をー、解りたいのです」

カジワラさんは土砂降りの中で叫んでいた。

「カジワラさん、中、入られてはどうですか」

比奈子は教室のサッシを開け声を掛けたが、雨と風の音でカジワラさんの耳には届かない。

「カジワラさんは、何を」

「えー先生いまなんとおー」

「何を伝えたくて、描いてるんですか」

カジワラさんは酷く悲しい顔をして、手から傘（だった棒）を離した。その後カジワラさんは自分の胸の前で祈るように手を組んで、始球式のようなやり方で何かを放り投げてきた。窓のアルミサッシにこつんとぶつかり比奈子の足元に落ちたのは、カジワラさんのいつもつけている、鈍（にぶ）く光る石のループタイ留めだった。

暴力的な風が吹いてカジワラさんは側転のように横に転げながら、そのまま走って行ってしまった。


振り替えた次の絵手紙教室の日、カジワラさんは初めて教室を休んだ。家族から受付あてに肺炎だと連絡があったらしい。比奈子の手にはカジワラさんのループタイ留めだけが残った。特徴のある鈍い光と色を持った石で、画像検索をしてみたところ、それはどうやらアンモナイトパイライトという種類の石であるようだった。

9

5月22日（土）

ぼくとピッチでひみつ基地に行った。

ここにはみんなであつめた思い出のたからものを入れた箱がある。

ひさしぶりのひみつ基地は、もともとぼろいのがもっとぼろくなっていた。

ピッチはすぐにひみつ基地のそうじに取りかかった。

ピッチは気のまわるやつだと学校の先生がいつも言う。

しゅふの心をつかむのがうまいひみつは、そこにあるのかもしれない。

ラジオはもう、せんたくきと同じくらいになってしまった。

ピッチのそうじが終わって、基地はとてもきれいになった。

やっぱりたまに来ないといけないねと言ってピッチは、

ひみつ基地のかべにピッチが自分でいちばん気に入っているという絵をかざった。お気に入りだけあってその絵は今まで見たピッチの絵の中でも一番かっこよくできてると、ぼくが見ても思えるものだった。

ただ、何をかいてあるのかはやっぱりちょっとわからない。

10

ラミィタウンに居たラジオは、その後もパーカーハーバー、ロメオマウンテンと出没場所を変えながらランダムに登場し、大抵は比奈子が行くともう姿を消していた。どこへ行ってもラジオのことは皆知っていた。

【秘密基地、わかったかも。来るんなら、来れば】

数日ぶりに届いたキシダのメールに、比奈子もつとめてごく簡単な返信を打った。

キシダは、まるでパジャマのようなスウェットの上下で、私鉄の駅にやってきた。駅は小さく、出るとすぐに小さなロータリーとコンビニエンス・ストアがある。比奈子はこの駅で降りるのが初めてだった。

「今日仕事だったのかよ」

キシダの言葉に比奈子は首を振り、週末なのに気を遣ってブラウスとジャケットを着てきたことを後悔した。キシダは迷いなく歩き出し、比奈子も後に続いた。

「本当にあるのかな」

「は？　何が？」

「いや、……ラジオ」

比奈子の言葉にキシダは「は」と言葉に出して笑った。

「まーじで」

「え？」

「いや、本気であると思ってんのそんなもの」

比奈子は黙って歩き続けた。確かに初めは自分も日記を創作物だと思い、キシダと同じように狐疑(こぎ)と不審の想(おも)いで読んでいた。

それでも日記を読んでいるうち、ラジオや子供たちの存在が、自分の住む街、店や図書館、公園と地続きのように感じ始めてしまっていた。見渡せばどこかにあの紙袋を抱えたタケシたちが立っているかもしれない。ラジオが転がっているかもしれない。この体験を経ていないキシダからオンラインに点在するラジオに関しての情報を聞かされても、それが自分の手で探り当てた、アスファルトの照り返しを浴びて熱を持った鍵の手触りや、コインロッカーの奥に置かれた何本ものドライバーの存在を否定することは無かった。

小さい駅前は、少し歩くとすぐに人の気配が無くなった。キシダは再び口を開いた。

「どーせ、解んねえと思うけど」

そう前置きして、

「N・S・（ネットワーク・シャングリラ）」

という単語を口にした。比奈子が疑問を言葉にする前にキシダは続けた。

「ゲリラの戦線があった、誰も入らねえ地雷だらけの山岳地帯を格安で買い取って、独立国家にしてる場所がある。人口は一人。会社が一つあった」

生暖かい風が吹いた。いかにも梅雨（つゆ）の始まりの、嫌な風だと比奈子は思った。

「どういう会社なの」

「もともと、海賊放送局の運営をしてちょっとした財産を稼いだ人間が、放送法違反から逃れるために色々手回しして独立宣言した国でさ……そんな国がどんな会社を作ったか解る？」

比奈子が考えるようなことなくキシダは答えを口にした。

「ネットサーバだよ。実際、いっときそのサーバはすげえ人気だったんだ。チガイホーケン、っていうの？　著作権も、倫理協定も無いその国のデータスペースに世界中からとんでもない糞データばっかりが集まって、あっという間に巨大なアーカイブが出来上がった。内容は糞みてえなデマやポルノから国家機密レベルのリークまで、色々だった。そのせいなのかどうか解んねえけど、突然、なんの予告も無しにサーバが閉じられちまったんだ」

キシダは話を続けながらふいと道をそれてガードレールを跨ぎ、その先の草地から斜面を滑り降りて薄の藪の中へわけ入っていった。躊躇する比奈子のほうに振り向いてキシダは軽く手招きをした。大丈夫。道は出来てる。そういう感じの言葉を呟いたようだった。

恐る恐る降りてみると、たしかに二人の前には細く下草の踏みしだかれたケモノ道のようなものが延びていた。比奈子がパンプスの足元を気にしながら進んでいると再び前を行くキシダが口を開いた。

「あの日記、その国にあるみてぇなんだよな……」

「だって、もう無いサーバなんじゃ」

「だーから、おかしいっつってんの。ぜってえ、ろくなもんじゃない。少なくとも」

藪が開けて、目の前にコンクリートとトタンと、ビニールシートやらとにかくガラクタを寄せて作られたような小屋が現れた。

「子供の日記なんていう、暢気なもんじゃないってことだけは確かな気がするんだよなあ」

小屋の中は、外から見たよりもずっと広かった。奥のほうまで部屋が広がっている。

屋根板はあちこち大きく隙間があいていて窓ガラスもなく、雨が降ったら中がずぶ濡れになってしまいそうな、粗末なものだった。もとは何かの納屋とか倉庫のような所が、一度屋根も壁も吹き飛んで柱だけになり、そこに様々な素材がくっつけられてまた小屋の形になっている、という佇まいだった。

破れた屋根やガラスの入らない窓のおかげで、入口からずいぶん奥に入っても充分に明るかった。これが子供の秘密基地だとすれば、大雨の日や夜に使うことはないのだろう。比奈子は古びた板きれを重ねて作られた小屋の中を見回した。意外なほど整っている。隅に黄色い缶があった。四角い、贈答用の焼き菓子か何かが入っていたような箱形の缶だった。開くと、キャラクターのプリントされたバッジやボールペンなどが入っている。

比奈子は思いついて、髪留めをその中に納めようとジャケットのポケットを探った。指先に二つ何かが触れる。つかみ出すとそれは髪留めと、もう一つ、カジワラさんのループタイ留めの石だった。比奈子は少し考えた後にその両方を缶の中に入れ、蓋をした。

ふと壁を眺めると、奥に一段深くなったあたりに貼り紙があるのに気づいた。キシダも同じものに眼を留めたようで、どちらからともなく二人の足は小屋の奥に向かっていた。それは、まるで前衛の抽象画のようだった。画用紙の上にクレヨンで、何かの塊に数本の棒が挿さったような形状が描かれている。

「……ピッチ……」

画用紙の余白には、比奈子でも書けないほどの滑らかな筆致で『麒麟』と書かれていた。

突然、鼻を衝くような異臭が小屋の中に入ってきた。二の腕で鼻を覆いながらキシダが、

「……ガソリンじゃね？」

と声に出した瞬間、周りの空気が揺らめいた。昼間なのに、オレンジの強い光が周りを包んだように思えた。顔が酷くじりじりと熱かった。屋根板が焼けおちてきて、比奈子の前髪の一部とジャケットを焦がした。ガソリンの揮発したのと物の焦げた煙を思いきり吸ってしまって比奈子はひどくむせた。目が開かない中、手探りで壁の隙間から外に這い出た。

視界が開けて初めて、小屋の周りに人がいるのを見て比奈子はぎょっとした。一人や二人ではなかった。数え切れないほどの人間がとり囲んでいた。比奈子ぐらいの歳の若い女性から、親くらいの歳の男性もいる。それぞれが知り合いだとは思えない程、年齢も体格も、服装もばらばらだった。

誰もが冷え冷えとした目で、炎の上がる小屋を見つめていた。怒鳴ったり暴れたりしている人間はいなかった。一人の若い男が、比奈子にではなく燃える小屋に向かって大きな声で、はっきりと言った。

「そんな得体の知れないものを直してはいけない」

誰に言っているのか比奈子には見えなかったが、明らかに全員が同じ方向を見据えていた。

いよいよ煙が酷くなって、比奈子は目を開けていられなくなった。腕を引っ張られる。キ

シダだろうと思い、引かれるまま後をついて火の元である小屋から離れ、藪の中を逃げた。追いかけてくるものはいない。自分たちが狙われているのでないことは確かだった。

しばらく幹線道路を歩き、駅に戻るまでの途中に在った広場に入る。水飲み場で二人は顔を洗い、服の煤（すす）を拭（ぬぐ）った。

「火つけた奴らも、あのブログを見てたのか、あるいは別の情報源から集まったのか」

「あんなにたくさん？」

「むしろ俺たち二人だけな訳がねえって思ってたもん」

「なぜ、火を？」

「なんらかの指示があったのか、指示に反してこうなったのかはわからねえから、それはこれから調べなきゃ」

比奈子は袖口（そでぐち）の焦げた箇所を確認しながら言う。

「やっぱり、ラジオは実在したんじゃないのかな……」

「さあ、俺はそうは思えないけど」

「だって、あの絵……秘密基地はあった……ドライバーも、髪留めも、わざわざ誰かが用意して、私たちを騙（だま）す？　そこまでする必要がどこにあるっていうの。これが大きなテロになるっていうの」

比奈子は燃える小屋を見つめる人々の、冷たく強張った顔を思い出していた。

「悪戯にしては、あまりにも解らなさ過ぎる。火をつけた人たちの顔はみんな、あれは……不安の表情でしょう？」

「落ち着けって」

キシダは焦げたスウェットパーカーを脱いで、水飲み場の横に設えられたベンチの背もたれに掛け、腰を掛けた。下に着ていた長袖Tシャツの袖を捲る。

「俺は、だけどそれでも妙な機械なんてものは無いと思ってる」

キシダは大袈裟に顔を顰めながら自分の肘を眺めた。小さな火傷があちこちにできている。口を尖らせて患部に息を吹きかけながら言葉をつづけた。

「N.S.にあるくらいのブログだぜ。遠くから俺らを動かしたのは確かなんだ。……こういうデータがあっちこっちにばら撒かれてるんだって」

「ラジオの？」

「とは限らねえんだよ。もっといえばオンラインだけの話でもなくって、チェーンメールとか、噂、どっかの都市伝説とか……」

キシダはベンチに座ったまま、前の土の上へ、足先で丸や線を描きながら説明する。

誰かがある場所で手に入れた情報から、ロッカーにドライバーをセッティングするように指示されてたら。その情報は、俺らの知ってるラジオやらタケシやらとは全く関係ないものかもしれない。

別の人間が何かを手に入れ、Aに置く。別の、赤の他人がAからBに移動させる。場合によっては油差しみたいな別のものが追加される。そしてBからC……そうやって、顔も知らない同士が、別々の物語に加担しながら一つの作業を完成させる。作業の全貌を把握している奴は、直接指示したんじゃないから、手を汚すことは無い訳だ。

「あんたにしたって、ブログん中の子供に頼まれたわけじゃない。あちこち転がっている物語に乗せられながら、やっちまっただけだろう」

「でも、あんなのは偶然で」

「だからすげえ数の情報っぽいものを仕掛けてるんだって。それにたまたまでも引っ掛かればうまく繋がるように組んでおくことは、確率的にも当然簡単じゃないけど、できる奴はいるんだよ」

「何のために」

「さあ」

キシダは袖を直すと、一度伸びをした。

「最初は悪巧(わるだく)みとか悪戯としか考えらんなかったんだけど。……なんか違うんだよな。騒ぎを起こそうってんなら、もっと簡単に、人の悪意に付け込んで焚(た)きつけることはいくらだってできるはずなんだよ。でも、この『仕掛け』は人の善意を引き金にしようとしているようにしか」

善意。比奈子は心の中でキシダの言葉を繰り返した。確かにタケシを助けたい、ラジオを直す手助けをしたいという気持ちは、間違いなくあった。でも。好奇心に善意、悪意の区別なんてあるんだろうか。それ以前に、

「意志と本能の違いって何なの」

比奈子の言葉にキシダは軽く肩を上げて、『言葉に出さずに『知ったこっちゃない』という態度を示した。

比奈子は鞄から取り出したハンカチサイズのタオルに顔を埋め、水気を取りながら今度はキシダに聞こえないように注意深く言った。

「人が意志って呼ぶものと本能って一体どこがどう違うの」

キシダは空を見て軽く舌打ちした。一粒、一粒と降り出した雨はあっという間に前が見えないほどの土砂降りになった。

二人は黙って駅まで走って、軽く手を上げて挨拶をしたきりで別々の電車に乗った。

5月24日（月）

ぼくたちのひみつ基地が、なくなってしまってた。

きっと大人の人たちに見つかってしまったんだろうって

ピッチが言った。今まででみた中で一番、悲しげなまゆ毛だった。

ブチョが、ひょっとしたらラジオをねらう一味のしわざかもって言った。
ぼくはとてもこわくなった。なぜならホームページで日記を書いてるからだ。
まだみんなには、日記のことを言っていない。

たから箱はだいじょうぶだった。でも入れたつもりがない、
ヒメがよく使ってた髪かざりと、きれいな石が置いてあった。

ブチョが、昔のラジオは石を使って聞くものがあるっていった。

5月26日（水）
ラジオの中に、あのきれいな石を入れようということになった。
まん丸で大きかったから少し迷ったけど、わたりろうかの窓から落とした。
小さいかけらが割れたから
ブチョがしらべたやりかたで、針みたいなところにくっつけたら、音がでた。

すぐに消えてしまったけれど、少し音が聞こえた。
あれは言葉だったのか、ただの金属とか、電気の音だったのか
ちょっとよくわからなかったけど
聞いたぼくたちが言葉だと思ったから、言葉かもしれない。

六回目のコールで母親が出たので、簡単な挨拶と送ってくれた荷物の話をして電話を切った。思っていたことを比奈子は結局、訊くことができなかった。

母は、当時十歳になる比奈子を連れて父と別れ、家を出た。と言っても住んでいた家と最寄り駅が一緒の、踏切を挟んで反対側のアパートへ越しただけだった。だから、比奈子はよく一人で父に会いに行っていた。母は比奈子が行くのを止めなかったが、自分は決して父に会おうとしなかった。

しかし比奈子が中学生の頃、父は住んでいた家を何も言わずに引き払い、出て行ってしまった。母はその頃、全くといっていい程父に関心が無かったから、結局父がどこに行ったのかは解らないままになった。

当時、比奈子はごくまれに母に父のことを訊く機会があったが、そのたびに答えは、

「あの人はエイリアンっていうか」

と頬杖(ほおづえ)をつきながら呟いたり、

「廃品を回収したりしながら世界を」

と洗濯物を畳みながら懐かしく思い出したり、

「比奈子を遠くに連れて行こうとするのを私が必死で止めて」

と酔っ払ってくだを巻いたりとバラバラだった。比奈子はそれからほとんど、父のことを尋ねることがなくなった。


ペリカンビレッジは、たった数日の間に、嘘のように静まり返っていた。画面の中、ヒナのアイコン以外に動いているものはほんの幾つかで、そばに寄ると機械的に、

『中吉★ポイントクーポンGET！』だとか、

『NEWアイテム、毎月5日更新！』

と吹き出しを浮かべた。

ヒナのアイコンは、滴の先を震わせながら移動する。同じように滴の形をした、桃色のアイコンに出会った。

『もうなんか、ほとんどいなくなっちゃったね。広告が増えたからかな』

という吹き出しを自分の斜め上辺りに漂わせながら、桃色のアイコンはヒナのアイコンのそばに寄って来た。比奈子は文字を打ち込む。

『ラジオって、わかる？』

『ああ、あったねぇ』
『どうなったの』
『死んだよ』
『え』
『ていうか、死んだってことになってる。消えたの。お墓もあるよ』
『お墓？』
『うん、木の棒が立ってるだけだけど。見たい？』
『ううん』
『まあ、面白くもないからね』

11

キシダから返信があったのは、比奈子が三回のメールを出した後だった。

二人は前回と同じ場所で待ち合わせをして、小屋のあった場所に向かった。あの日の嵐のおかげでおそらく延焼の被害もなかっただろうとは思ったが、損傷も致命的だったのではないかと想像がついた。それでもどうしても確かめたかった。

小屋のあった所は更地になっていた。

「これも、何かの操作？」

と比奈子は言って、キシダのほうを見た。キシダは比奈子の問いに、責めるような口調で答えた。

「あんたの言う子供らってのがもし実際に存在してたとして、そいつらだけでここまでのこと、できると思う？」

焼け焦げた木ぎれの一片もそこには落ちていなかった。二人は小屋があった周辺を、つま先で残骸の欠片を探すようにして歩いた。

「あ」

キシダが声を上げ、視線を上げないまま比奈子に向かって手招きする。キシダの足元には小さな棒が挿さっていた。アイスキャンディの棒だった。『あたり』の焼印の下に鉛筆で『ラジオ　おやすみなさい』と書いてあった。

「子供の割にうめえ字だな」

比奈子とキシダは手を合わせるでもなく小さな棒を暫く見つめてから、その場を離れた。

ファミリーレストランでキシダはレモンスカッシュを頼んで、それから折りたたんだノートの切れ端をテーブルの上に広げた。比奈子の想像していたとおり、キシダの字は乱暴で汚かった。どこかの住所と、電話番号らしき数字。電車の路線と駅名であろう単語。

「ヒメの場所、この、ここにある病院なんじゃないかって思ってる」

「なんで解ったの」

「結構大変だったんだぜ。掲示板とかSNSとか片っぱしから当たって小屋を燃やした奴ら全員と連絡を取った。奴らも皆、それぞれ別の情報から来てたんだよ。ラジオのことを知ってる人間なんていなかった。ただ奴らが見てたブログだとか、掲示板だとかで俺が未確認のものもあったからリストアップして、共通する場所を探して。大体この辺りなんじゃないかって。と言っても特定できてる訳じゃねえから大体の見当、ってだけだけど」

キシダはテーブルの上に自分の端末を出して比奈子に見せた。表示されているブログは、比奈子がまだ知らないものだった。

5月18日（火）

ブチョのしんせきのおばさんの家に行くことになった。
ヒメのおばあちゃんが住んでいるばしょが
ブチョのしんせきの家に近いことがわかったからだ。
ブチョはしごとがはやいうえにぬかりが無いやつで

夏休みのけんきゅうに、グループで山の野草の育ちを調べるから
いまのうちに小さい野草のいろや形を下調べしておきたいといって
親と親せきのりょうかいをとって、さらにぼくも
いっしょに行っておとまりできることになった。

ピッチはかもめドリームズの試合があるから無理だった。
あんなに悲しげなまゆ毛は、ちょっとほかでは見られないものだ。

5月20日（木）

ブチョは図書室でニセの自由けんきゅうのノートをつくっていた。
ほんとうにぬかりのないやつだ。
かいしゃに行ったらそうとう出世するだろう。

ぼくは考えごとをしていた。ラジオのこととかだ。

5月23日（日）

特急電車にのってブチョの親せきの家に行った。

ブチョの親せきはコンビニをやっている。
ブチョのおばさんは、おばさんなのにブチョにそっくりな顔だった。

ついたらすぐにブチョのおばさんに
しぜんこうえんに行ってきますといってでかけた。

ブチョが、ヒメのことを知るためだと言って
しらべてあったバスにのった。

ヒメのおばあちゃんちは、家が全然ないところだったから、
畑にいる人に、みょうじを言ったらすぐにおしえてくれた。
ヒメのおばあちゃんも、おばあちゃんだったけどヒメに似てた。

ヒメはここよりもっと山のおくにある、びょういんに
入院しているときいて、ぼくたちはびっくりした。
何のびょうきなのかはきけなかった。
とってもおくなので、明日にしようということになった。

5月24日（月）

午前中にぼくたちはヒメのいるびょういんに行った。
古くて、一階だてだったから、最初はびょういんと気づかなかった。

ヒメは元気そうだった。
あいかわらずお姫さまみたいだった。
ぼくたちを見て、最初とってもびっくりして、それから笑って、それから泣いた。
ぼくたちはうけつけの人に、あんまりさわいじゃいけないって言われていたから
小さいこえで、でもいっぱいおはなしした。
ラジオのこともはなした。
ヒメは悲しんだけど、まだぼくたちにラジオを直すのは早かったんだって言った。

かえりのバスの中で、にじを見た。
虹はバスの中にも出るのを知らなかったからおどろいたけど
虹も乗り物に乗って旅をしたいのかもしれないと考えた。

比奈子が読み終わり、端末から目を上げると、キシダは溜息を短くついて、

「これは、バッドエンドなんだろうか」

と頬杖をつき、届いたレモンスカッシュのストローを咥えた。

「小屋が焼けた後のあの日記読んだ時には、計画の失敗を確信したんだけどな」

「……行くの？　病院」

「好奇心がないっちゃ、嘘になるけど」

キシダはテーブルの上のメモ書きを、比奈子の方に押しやった。

「正直もう、ちょっと怖いんだ。結構、限界」

ふてぶてしいキシダの気弱な言葉に比奈子は驚いた。このメモ書きに到達するまで、おそらくキシダは相当な情報を集めて分析し、解読してきたんだろう。ここまでやっておいて、いや、

「ここまでやったから、怖くなってったんだよね……」

比奈子の言葉にキシダは力無く笑った。

「だから俺は行かねえけど、解ったところまでは伝えなきゃ、フェアじゃないと思って。行けって言うつもりもないけど。あとは、お任せ。ただ、あんたは行くんだろうな」

「なんで？」

「鈍(にぶ)くて、強いから。この数日、今までないくらいたくさんの知らねえ人間とコンタクト取ったけど、こんなに怯(おび)えてねえの、あんただけだぜ。おれだって最初、あんたが黒幕かと思ってたくらいだもん」

と、考えるように言葉を切ってから、キシダは続けた。

「もし行って、戻ってきたらメールくれよ」

「うん。これだけ調べたんだから、答えあわせしたいでしょう」

「いや、あんたが無事かどうかのほうが気になる」

12

比奈子は駅で特急切符を予約してから、カルチャースクールの日程変更の事務作業を済ませた。

「先生」

声のしたほうには、病み上(や)がりのせいか幾分目の力が弱ったカジワラさんが立っていた。

「カジワラさん。次の授業、私、お休みをいただくんです。振り替えの連絡が受付から行くと思うんですけど、すいません」

「はい、そうですか」

カジワラさんはスケッチブックを固く胸に抱え込みながら、平坦な抑揚で答えた。会釈をしてすれ違って少し歩いてから、比奈子はカジワラさんのほうを向いて声を上げた。

「私は、人のお見舞いに行くんです。天気が良ければ裏富士が綺麗に見られるところなんですけど、もしご都合がよろしければ、一緒にどうでしょうか」


特急切符が必要な数区間と、各駅停車のローカル線を乗り継ぐ。キシダから受け取ったメモを握りしめ、比奈子は来たことのない駅に降り立った。

少し後ろを、他人なのか同行者なのか、どちらにもとれるギリギリの距離をとって、スケッチブックと水彩道具の木箱を持ったカジワラさんが付いてくる。

ホームのほかは小さな屋根つきの待合所と改札口があるだけの駅だった。出ると一台のバスだけが停まっていた。

運転手は駅から二人きりの降客である比奈子たちをじっと見ている。比奈子はバスが自分を待っているのだと気づいて、カジワラさんに声を掛けあわててバスに駆け乗った。

「今日はこのあと一本しか無いもんですから」

運転手は少しだけ申し訳なさそうに言って、ギアを入れた。駅を離れると道は間もなく山の中に吸い込まれ、その後稜線に沿って細いカーブを上っては細切れのトンネルを潜った。

山の隙間に隠れるようにして細長く佇んでいたのは、病院というよりは療養所といった種類の、想像していたよりずっと小さいものだった。建物の前に停まったバスは、二人を降ろして再び山道を進み、見えなくなった。

建物に入るとすぐ右手に『管理室』と錆びた印字のある札を提げた窓口がある。

「女の子に、会いに」

比奈子が途中まで言ったところで、受付にいた老人は、ああ、と小さく声を漏らすと、置かれたノートに名前を書き入れるように促し、そのあと手振りで簡単に病室の場所を伝えた。

廊下は霞んだように単色で光が入らず薄暗かったが、逆にそのおかげで夢の中の出来事のように思われ、比奈子はためらいなく進むことができた。

廊下と違い病室の窓は広く、光で溢れていたから、比奈子は最初ベッドの上に横たわる子供がどんな姿をしているのかよく解らなかった。目が慣れてくるにつれて、子供がとても特徴的な姿であることに気がついた。

「こんにちは」

きちんとした抑揚で挨拶をされて初めて、比奈子はその子が女の子で、しかも日本語を理解できる子なんだと思えた。それほどその子は不思議な姿形をしていた。深夜番組のドキュメンタリーで見た、あっという間に年を取ってしまう遠い国の難病の子に似ている気もするし、以前に出会ったことのある、大人になっても子供の姿のままでいる人にも見える。そう

思いながら比奈子は、

「はじめまして」

と返したが、発した言葉のぎこちなさに自分自身驚いた。比奈子の日本語のほうがうんと下手糞に聞こえる。

「驚いたでしょう」

少女は口の端（と思える部分）を柔らかく持ち上げて比奈子に笑顔（と思われる表情）をして見せた。

「見た目より、ずっと元気なのよ。私」

「あなたが、ヒメちゃん？」

「そう言ってもいいかも」

「日記を書いていたのは……」

「それも、私」

「じゃあ『ラジオ』も、あなた？」

嬉しそうに頷く少女の穏やかな表情の少し上、軽く広がった額の上に髪の毛は無かった。

病室にはベッドのほかには医療機器はもちろん、花や本棚、インターネットが使えそうな端末さえも見あたらない。

「でもパソコン、無いね」

「外部入力してたら、何万年もかかるもの」

「そんなに書いてるの」

「たいしたこと無いよ。私のお父さんに比べたら」

「お父さん、いるの」

「ずーっと遠くだけどね」

「海外？」

「厳密にいうと、ちょっと違うけど」

少女は首を傾(かし)げて目を瞬(しばた)かせた。よく見ると少女の目の端に何か、蛍(ほたる)のようにやさしく明滅するものが貼りついている。比奈子は寝たきりの人が目の動きで文字を入力しながらコミュニケーションを取る機械があるという話を思い出した。

「私のお父さんはね、昔は、こっち側の人間で、要(い)らないものを整理してたんだけど……。あまりにも増えちゃったから」

「要らないものって、ゴミとか、そういうの」

「うーん」

少女は少し黙って、それから続けた。

「人が出して、それによって人が住みづらくなるのは物のゴミだけじゃない。それをお父さんは仕分けて、処理をする仕事をしてた。こっち側の世界で。でも、あんまり酷くって、だから、こっち側から一部の人を連れて逃げ出したの」

「方舟（はこぶね）？」

「よくご存知」

「人を選んだ？」

　穏やかだった少女の顔が少し曇った。

「仕方なかったんだと思う、運べる人数には限りがあって、耐性の無い人から先に運び出す必要があったし」

「あなたは、お留守番？」

「ま、そんなとこ」

「日記は……暇つぶし？」

「ふふ、そんな感じになりつつあるけど……一応、仕事」

　少女は自分のこめかみを節（ふし）くれだった人差し指でトン、とひとつ突いた。

「私は鳩（はと）。方舟を知ってるんなら、解るでしょう。お父さんの子供の中でも一番耐性が高かった私だけがこっち側にいるの。こうやって、洪水が落ち着いてお父さんたちが戻れる場所になるのを待ってる」

「どうなったらあなたのお父さんは戻れるの」

「正確な境はとっても難しいの。実を言うと、私も完全には解らない。私は今の情況を送信するだけ。鳩がオリーブの枝の意味なんて知らずに咥えてくるのと同じで」

窓の外の斜面を登る小さな影が見えた。カジワラさんだった。カジワラさんは斜面を上がりきって、胸ポケットからチーフを引っ張り出し地面に敷いて座るとスケッチブックを開く。旋律（せんりつ）が聞こえる。カジワラさんの口笛のようだった。空気の澄んだ静かな山あいでは遠くの口笛でも恐ろしくよく響いた。

「たくさんの精神を呑みこんで押し流すことが無くなる時が来るなら」

そう言った後に少女は小さく口を開いた。聞こえてくるカジワラさんの口笛に合わせて発せられた少女の声は、機械のノイズ音のようだった。比奈子は少女の声の止むのを待ってから、尋ねた。

「洪水はいつごろ収まるんだろう」

比奈子の問いに、少女は再び笑顔に戻った。

「ラジオが音楽を流すには、まだちょっと早かったみたい」

巨(おお)きなものの還(かえ)る場所

Le Grand Conservatoire

0

病室は、薄く茶色に汚れた煙が充満していた。煤けた刺激が鼻梁から勢いよく差し入って来て、彼女は顔を顰め、注意深くベッドの辺りへ視線を向ける。

先には、ベッドを何重にも取り巻きユニゾンになっただみ声を上げて泣く遺族たちがいた。中心に寝そべる遺体の腹辺りから、煤煙が立ち昇っている。煙の根元では、ぱちぱちと赤い火花が散っていた。

彼女は息を詰まらせるように短く鋭い叫びを上げてから、

「何なすってるんです」

と声を上げたが、病室中に満ちる泣き声と煙の両方に染み込んで消えた。

横たわる遺体はひどく小さな老女で、今朝まで彼女が看護をしていた患者だった。遺族たちは老女の兄弟や子どもや孫、さらにそれぞれの配偶者で、全員が年齢性別に関係無く（子の配偶者などは、遺体の老女と血の繋がりさえないにもかかわらず）、とてもよく似た顔をしていた。重ね合わせられるほどに似た皺を拵え悲しみに歪んで、泣き声すらも溶け合い一つの大きな生き物の呻きに聞こえた。

　彼女は病室の入口でしばらく突っ立って見ていたが、はっとなって、

「今すぐにやめなさい、やめて」

と言葉を搾り上げ、群がり結束する遺族の襟首を摑んでベッドから引き剝がし搔き分けたが、堅く取り巻く彼らのために煙の発生源であるベッドの中央まで容易には近づくことができなかった。ベッドに縋っていた遺族は死の床の中心に近づくにつれて、カーボン写しを重ねた文字のように、段階的に老女の面影をより濃く顕していた。老女に直接覆いかぶさるように泣く、夫であろう老人にいたっては、妻である遺体の完全な鏡像であったのに彼女は驚き、ベッドの上の炎の存在を一瞬忘れるほどだった。

　彼女の見る限り、炎は、遺体を覆うシーツの上にある何か紙屑のようなものが燃えることによって立ち昇っていた。小さな火の手は、シーツの表面を僅かずつ広がりつつあったが、遺体にまで達してはいないようだった。

　炎の発生源に寄せて置かれていたものは、紙幣や花、モノグラム柄のブランドバッグ、ノートパソコン、携帯端末だった。それらは半ば焦げた状態でシーツの上にあり、彼女が見回すと、他の同じような幾つかは、遺族たちの足元に散らばっていた。

むせび泣く遺族のうち、まだ小さな少年（これもまた、幼いながらも老女とよく似た顔をしていた）が床に落ちているゲーム機の焦げた残骸を踏みしめると、小さなズックの足元で、音も立てずに柔らかい煤が舞い、液晶画面を半分ほど残して消えた。

「いったい、あの方たちはなんなんですか」

未だ強い怒りに幾ばくかの恐怖が混じった興奮で声をうわずらせたまま、彼女はファイル束の端を、いつもより乱暴に、机に叩きつけるようにして揃えた。

西日の差す診察室は、手入れが老朽化に追いつかず、辛うじて不潔でない程度の風景を保っていた。壁際に沿うようにある机や硝子戸の棚には、今時ではどこの現場でも活躍の場が無いであろう上皿天秤や水銀式の血圧計、乳鉢といった道具が、きちんと手入れをされ現役然と並んでいる。

「あれは、あの方たちの、文化なんです」

古びた診察室内に保護色を纏った風情で馴染んでいる老医師が、今日のカルテの整理を終え、椅子の背に重みのない体を預けながら、凝った背骨に一節毎の適正な隙間を作り、段階的に上半身を伸ばす。厚ぼったいレンズのメガネを外し、そのあと親指と人差し指の先で両の目頭を摘んで揺すりながら彼女のほうを見ずに続けた。

「死んだ人に、お金だとかの、財産を、燃やして、天国に、持って行ってもらうんです。お墓の前だとか、お寺でもね、偽物の紙幣を、線香と一緒に燃やしたりね。時代が進んで、お金だけでなく紙製の家や、車や、家畜なんかも燃やすとは聞いたことがありましたが、最近じゃ、燃やすためのブランド物とか、携帯とか、パソコンなんかの、紙細工まで用意されてるんですねえ。現代の財産、ってことなんですかねえ。いやあ、面白いなあ」

「ちっとも面白くなんかないです。遺体もまだ市から火葬の許可だって下りていないのに、少しでも焦げたら大問題じゃないですか。第一ここ、木造ですし」

「この辺りは、中国の、しかも、山間部から移住してきた方が、多いですから。彼らは、一族の文化とか、築いてきた家族を、私たちよりうんと大事にするんです。あなたも、あちらの文化に、少しでも、慣れておいたほうが、後々、妙なストレスを、溜めることが、無くて、いいですよ」

老医師の、もたつくような特徴のある口調に、彼女は若く丸い額に軽く皺を作り押し黙った。

彼女がこの、北の町にある病院で働きだして半年が経つ。学校で辛うじて使い方を学んでいた古い診療器具や、サーバで管理されない紙のカルテファイルの扱いはもう大分慣れたが、逆に勤め始めの頃にはさほど気にならなかった老医師の能天気さだけは、日に日に気に障るようになっていた。

医師は保険証も持たず、日本語での主訴も覚束ない人たちを、代金は後回しで診察する。

尻拭いに疲弊しきった看護師が頻繁に辞めるため、絶えず求人がされていた。小さく古い病院なので楽そうだと飛びついたのを、彼女は後悔していた。よく笑う陽気な老医師だったが、言葉が切れ切れになりうまく話せない時さえあり、はっきりとは聞かされていなかったが相当な高齢のようだった。

老医師の口から、彼女の予想していなかった言葉が漏れた。

「ねぶた」

「え」

「って、知っていますか」

「ねぶた……って、大きくて、光ってる、あれですよね」

彼女は自分の言葉のあまりの拙さに再び額に皺を寄せ、老医師は楽しげに微笑んで言葉をつないだ。

「そう。大きくて、光ってる、それです。日本でだってね、同じなんですよ。お盆の時期、夏祭りの行灯だの提灯だの、火の光で、人の集まるところを、照らすような道具があるでしょう、あれも、元をただせば大抵が死者を迎えたり、あっち側に送ったりするためにあるもんです。だから、ほとんどの場合は、祭りの最後に川に流したり、焚き上げをして天に昇らせたり。ねぶたなんかも、今でこそ火ではなくて電気が入って、雨に耐える処理もされていますけどね。昔だったら、それこそ、祭りの終わりには骨組みだけがね、巨大な、骨組みだけが、煙を、吹きながら、広い蒼い空に晒されているような、風景がね……」

記憶を手繰るようにして話す老医師の言葉を聞きながら彼女は、同じ顔をして泣く人々が、ひとつの単位の生き物みたいにして暮らす、自分が行ったことも無い海の向こう、老女とその遺族たちの故郷について考え、そして目の前の老医師の故郷についても考えていた。

1

シー・エー・ディ、って一体なんだ。

と口をあまり動かさずに声に出した髭の男は、市哉の顔と手元の履歴書とを交互に眺めた。どちらに投げかけられる視線にも、相当に訝しげな感情が混じっていることは沁みるように感じていたものの、当の市哉はずっと、そんな男に視線を合わせることができないでいた。

天井が高く寒々しいコンクリ打ちの床の上、ビールケースを三個重ねた上に座った男は、足を不自然なほどゆっくり組み替えた。髭同様に濃く力強い眉は大層な威圧感を放っていたため、市哉はパイプ椅子に座ったまま両方の膝に手を置きただ肩を竦めている。

二人は作業場の隅で向かい合っている。何も無いからだだっ広く感じるのか、広いために何も無いように感じるのか。現実味の無い空間だったが、市哉がここを作業場だと理解したのは、漂う樹脂ボンドと木材の匂いのせいだった。

市哉はこの、生えるままにした髭の男と最初に対峙したとき、武者絵を思った。北国の武者は寒さゆえ毛深かったのかもしれない。同じ日本人でも、地域なりの自然淘汰や遺伝特質があるんだろうか。そう考えながら市哉は、履歴書を摑む男の手と対照的に、つるんと白けた肌を剝き出している自分の手の甲に目を落とし口を開いた。

「CAD、って、PCで描く立体的な設計図とか、そういう」

市哉が言い終わらないうちに男はひとつ咳払いをして、再び履歴書に見入った。男が今一度、いやにもったいぶった動きで足を組み替えたのに市哉は違和感を抱いて、気付かれないように素早く男の足先から頭まで視線を動かし観察した。

男は顔立ちこそ逞しい大人だったが、上背は見たところ市哉のそれよりもずいぶんと低く、あるいは十歳そこそこの子供ほどの背丈にも感じられた。市哉が入った時にも、男がビールケースに座ったまま降りなかったのはそういうことだったのかと考えていると、

「なんだ、おまえ、東北の人間じゃないのか」

そう放たれた男の言葉には、否定的な響きが極めて濃く混ざっていた。市哉はもういっそ、とっとと履歴書に非採用の判子をつくなり目の前で破るなりして家に帰して欲しいとさえ思いながら、首を小さく縦に振った。

「島根つったら、鳥取の向こうだろ。なんでまた」

「……感動したんです」

市哉が喉の奥から力なくこぼした言葉が、却って少しだけ男の警戒心に隙間を開けたようだった。

「へえ」

「あんな大きくて神様みたいなもの、僕……私に、作る手伝いができたらって、子供の頃から、思っていて」

「子供ん頃に祭りに来て見たのか」

「いえ、写真……」

「は」

「父の、写真で」

「おまえ、実際の祭り見たこともねえのにここに来たのか」

開きかけたように思われた心がみるみる凝ったのが男の語尾で解った。ビールケースの横にある作業台に乱暴に履歴書が置かれて、ああもう駄目だ早く帰りたいと市哉がうつむき目を瞑ったのと同時に、

「『国引』だろう」

と、声のしたのは市哉の後頭部の、さらに後ろのほうからで、だから男は市哉の頭越しに声の主へと視線を向けた。

あ、ええ、今週はまだ誰も揃わないので。と男の丁寧な言葉づかいが若干慌てた調子だっ

たので、声の主がこの男の上司なのだと察せられた。しかしそれにしては……と奇妙な思いで振り返るとやはり声の主は女、しかも市哉と同じか、それより若く、少女と呼んでいい程の年齢に見えた。背の丈おそらくは百五十センチ前後、化粧っ気も無く髪を頭の両側でお下げにしているが括り方は荒っぽく縺れ、作業着のように汚れたジャージ姿だというのも子供じみて見える理由かもしれない。

「知ってるよ。ただ、勢いつけて一気に立ち上げたい時に道具が散らかってるとケチがつく。どうせ杉造のことだ、準備万端整ってるとは思っていなかったしな」

そう言って女は、自分のいた周りをゆっくり歩きながら、殺風景な作業場の様子を見渡した。杉造と呼ばれた男は組んだ足を解いて眉尻を下げ、肉付きのよい肩に頭を埋めるようにして首を竦めた。女は市哉のほうを見て言う。

「島根のほうで神様ったら出雲神話だから」

市哉が首を何度も大きく縦に振ると、杉造は気付いた風に小さな声を上げた。

「昭和四十七年の、佐藤伝蔵作。間違いなく近代ねぶたの最高傑作だ」

女は目を弓なりに細め、笑って続けた。

「名人級の作り手からも、あれ以上の物はまだ出てないって言われてる。櫛引那美、よろしく」

唐突な自己紹介と共に手を差し出されたため、市哉はしばらくそれが自分に向けられたも

のなのかどうか理解できずに戸惑ってから、

「園山市哉……です」

と力なく開いた手を出した。

「こいつは杉造、こう見えて私と同じ歳だ。はは」

杉造はやっとビールケースから降りて、先程までの張りつめた空気を微かに残しながら軽く会釈をした。それでも市哉がつい今しがたまで感じていた、敵意の手前くらいのささくれた表情は随分和らいでいる。身長は市哉の思った通り、横に並ぶ那美よりもさらに低かった。

那美が口を開く。

「仕事っつってもほとんど手伝いみてえなもんだけどな。おまえ、市哉、シー・エー・ディ？　とやらの他にできることはあるか」

「実家が写真館なんで……撮影なら。現像とか画像の修整とか、簡単な動画とか一通りのことは」

那美は再び、にっと笑って杉造のほうを見ると、

「記録係だな」

と言った後に続けて、

「実際の作業が始まるまでに色々見ておくといい。資料館には『国引』の模型があるし、図書館なら大概の郷土史が揃う」

「今じゃ、いろんな題材をとっとるけど、何といっても祭りに参加するとなれば郷土の歴史を知らねば始まんないから」

二人に言われながら、これはつまり採用ということなのだろうかと、市哉はまだよく事態を把握できないまま那美の顔を眺めた。切れ長の奥二重に黒目勝ちの、北国の和犬を思わせる顔立ちだった。市哉は訊いた。

「模型、ですか」

「そりゃ実物は展示できねえよ。でかすぎるもの。まあ、模型でも充分でかいもんだけどな。本物は祭りが終わったら解体しておがねば。どんなに良い造作の名作だって丸ごと飾っておくのは数年だ」

さっきまでの威圧感が嘘のように、杉造は昔からの友人じみた口調で市哉を笑った。市哉は杉造の変わり様に戸惑いながら、口の端を緩めた。

那美が市哉に訊く。

「どうしてでかいねぶたは祭りが終わってずっと置いとくと良くねえか、解るか」

「……邪魔だからですか」

那美は笑顔のまま続けた。

「や、動き出すからだ」

「え」

市哉が緩めたままの口の端から洩らした疑問符に、杉造はこたえた。

「知らねえのか。人が身の丈に合わんでかいもん作って、ずっと置いといて、古くなっちまうと命を持つんだ」

「んだ、そう、あんだらでかいもん、暴れ出す前に解体せんと大変なことになるからなあ」

はは、と那美はまたくしゃりと鼻の頭を寄せて笑った。


平日午前中の郷土資料館は、入場者などほとんど居ないようで、入口も静まり返っていた。市哉は使用不可の貼り紙のついた券売機の前で少し狼狽えてから、小さな窓のある券売所で入場料を払い、人ひとりが通るのがやっとの、飾り気が無いゲートを入る。

無音のエントランスホールの天井は高く、四角いホールの壁づたいに全面、ガラスが張られていてその向こう側に展示物が並んでいた。

館内は広いだけでなく、おそらくはそれなりにお金をかけて作られているのだろう。資料館は外見こそ歴史のある建物ではあったが、中身のほうはちぐはぐに未来風なデザインに改装されていた。

館内のそこかしこには、ある意味ではそうした建物に大変に釣り合っているともいえる、不自然に小奇麗な鍬やら臼だとかいったものが展示されていた。

農具が使われていた当時の情景を再現したジオラマは埃も積もることなく新しいが、市哉がボタンを押すといくつかの場所に赤いダイオードが光って説明のナレーションが再生されるという、いかにもアナログ的な仕掛けがされている。そうしたものを眺めながら館内を進むうち、奥のほうに原色の光を撒き散らす塊が覗き見えた。

市哉の体温が自分でも解るほどに上がったのは、市哉の方へ目を剝いているその塊が、明らかに命ある物の形をして市哉自身に焦点を合わせ睨んでいたためだった。

確かに市哉がかつて父の写真で見たのは、今、市哉の視線の先にある『国引』だった。

日本各地様々な神話民話の類には、それぞれどこかしら共通項があるらしい。『古事記』も『日本書紀』も、そもそもは各地の神話を纏めたもので、それら古代神話を編纂した多くの資料のなかでも、出雲を由来とする神話は三割にものぼる。古代から出雲地方は神話伝承の面で相当に重要視されていたのだろう。

ところが『国引』の神話は不思議なことに、『出雲国風土記』では冒頭で語られるにもかかわらず、『古事記』にも『日本書紀』にもその内容についての記述がなかった。

八束水臣津野命は、出雲の国を完成させるため、他国の余った土地に綱を掛け「国来」と叫んで綱を引き大地を引き寄せた。

全国的に浸透しているとは言い難い『国引』の神話を題材に採ったねぶたが、伝説と呼ばれるねぶた師によって製作されている事実は、大変に奇妙なことであるように思えた。

市哉の父は、祖父の代から続く写真館を継ぐようになる前に、カメラひとつ提げて一人日本を廻り、人々の姿や風景を撮る旅をしていた。かつて日本の若者はそうやって旅することが多かったらしい。

市哉の育った家の一階、古びた田舎の写真館にはウィンドウの一角を利用して簡易な展示コーナーが作られていて、父の撮影した日本各地の名所や、人々の生活が、額に入って飾られていた。写真は定期的に交換されていたため、商店街の人々にとって、ちょっとした楽しみにもなっていた。

家には、背表紙の揃ったアルバムが十三冊存在する。キャビネ判の写真を貼り込んだ、合成皮革で仕立てられた重量感のあるものだった。十三冊に及ぶ父の旅の記録は、流氷の北の港に始まって、南の青い海と赤い瓦の家並みで終わっていた。

まだ小さかった市哉に、絵本代わりのアルバムを開き笑顔で旅の話を聞かせる父は、写真館のカウンターでぼんやりと振り子時計を見つめながら店番をする父とは別人のようだった。

物心ついてからも市哉は、その中の一冊を手にとって眺めることがあった。夜空に原色の光り輝く巨大な張りぼてが街を練り歩く祭りの風景と、そこに集まる人々の写真が貼り込まれた二冊目は、市哉のお気に入りだった。後に市哉はその光景が津軽地方で行われている有名な祭りで、夜になると巨大な張子の山車を幾つも引いて練り歩くのだということや、祭りに出される張りぼては歴史上の人物や民話や神話を題材にして、地元の人間が皆で製作するものであることを知った。

見ず知らずの町の夜空を照らしている神様が、実のところ、市哉の生まれ育った島根でのみ語り継がれている神話を基にしていたのだという偶然に、市哉は成長するにつれ一層興味を持つようになる。

神話自体の持つ強さに祭りの色彩が加わり、市哉の意識の中で八束水臣津野命の姿は徐々に巨大化していった。

『国引』の迫力は、模型とはいえ充分すぎるほど市哉の心に圧し掛かった。それは天井いっぱいに首を曲げているような大きさで窮屈そうに展示されていた。

『国引』には、他のねぶたと全く違う雰囲気がある。

構造的には他のねぶたと比べると一見物足りないほどシンプルで、色使いや細部のつくりだけをとっても、特別なものは無い。そのうえ現在主流となっているねぶたが背景や衣装、武具など他の要素とともに造られていることが多いのに対して、『国引』は服さえもほとんど身につけていない八束水臣津野命の姿のみで構成されている。にもかかわらず、造られていないはずの背景を周りに照らし出すような存在感があった。

神話の中心に神が屹立していた。巨大な八束水臣津野命が、太い荒綱を摑んだ腕をぐいと天に向け突き出し、振り乱した髪の隙間から振り向きざまに投げかけられている視線の先にあるのは、描かれていないはずの佐比売山（さひめやま）・火神岳（ひのかみだけ）だった。綱と神の姿だけで、遠い山、荒れる海のすべてが祭りの夜空に生き生きと映し出されていた。

「ご興味をもたれましたか？　ねぶた」

見入る市哉に、女性が声を掛けた。郷土館の制服の胸に、ガイドと書かれた緑色のプレートバッジがついている。市哉は訊こうか訊くまいかと逡巡（しゅんじゅん）してから口を開いた。

「これは、動くんですか？」

「……はい？」

「あの、いや」

「ゼンマイとか、電動とか、そういうことですか？」

「いいえ、あのう」

市哉はすぐに今の質問を後悔し、しどろもどろになった。

不思議そうに、困ったように立つ女性の後ろから、同じ緑のバッジをつけた四十過ぎくらいの男性が市哉を覗き込んできた。人懐（ひとなつ）こそうな笑顔で口を開く。

「ああ、この辺りの、ご年配の方から話を聞かれたんですね」

「あ、ええ、はい、ええと」

男は市哉のようにうまく質問できない観光客のあしらいに慣れているふうに、滑（なめ）らかな標準語で語った。

「ご年配の方だったりすると、そうおっしゃる方、多いですよ。名人のねぶたは魂が宿って動く――なんて。よく名画や生き人形なんかでも言うでしょう。髪が伸びるだとか涙を流すだとか。東北ではね、もともと霊験信仰っていうような、ヒトガタだとかオシラサマだとかいったまあ、人間の形に作った何かが命を持つっていうような」

「オシラサマ」

聞き覚えがあったその言葉につい、市哉は重ねてしまった。

「ええ、オシラサマ、ご存知ですか」

「いえ……すいません」

恐縮する市哉に、男は一層柔らかい口調で続ける。

「いえいえ、地元の方でもそんなに詳しくは知らないんです。まあ、広域の民間伝承なもんで名前だけは知られてますけど、実は地方によって祀る風習だとか民話だとか、微妙に違ってたりして、ほら、雪国で山がちでしょう。だから、伝承の個別進化が結構あってですね、村単位、地域単位でね。今風に言うと、ガラパゴスみたいな。ははは」

そう笑うと職員の男はまた、標準語をしっかりと覚えた地方の人間特有の丁寧な言葉で、オシラサマについて語り始めた。

かつて、作付けが非常に難しかった東北の地では、生糸をとる蚕が大切な収入源だった。その繭を神格化したお蚕様を祀ったことが起源とされているのが、オシラサマだという。多くの場合、桑の木の枝から彫り出された女と馬の姿で一対の御神体となり、盲目の巫女であるイタコが、服を何重にも着せて飾り立てたそのオシラサマを持ち、踊らせることを『オシラアソバセ』というらしい。

「ねぶたなんか、確かにあまりにも生き生きしていると、見ていて今にも動き出しそうですけれどね。気持ちは本当によく解りますよ」

流暢な説明に市哉が聞き入っていると、男は笑顔のまま尋ねてきた。

「どこかのねぶた師さんとお話でもされたんですか？」

「え？」

「なんだか、観光されているっていう感じでもないでしょう？　文化とか、勉強されているのかなって」

市哉は少し躊躇してから答えた。

「……櫛引っていう」

お、と職員二人は小さな声を上げた。その後お互いに目配せをして訳知りな顔になると、男はさっきより砕けた調子で再び市哉に問いかけた。

「あそこはまだとても若いねぶた師さんだけど、なかなか見学とか、難しいでしょう？　気難しいっていうか……まあ、変わり者ですから」

「はあ、やっぱり」

市哉は気の抜けた相槌を打ちながら、身元も不確かな自分を、手伝いとはいえあっさり採用してくれた那美のことを思った。二人の職員は平日の暇をもて余し気味だったところに勢いがついたのか、さして人も居ないのにやたら周りを気にしながら、小声の早口で市哉に話し始めた。

「腕は確かなんですけどね。なんせ、あの若さで、ほぼ単独で、工房立ち上げていますし」

「子供ねぶたの頃から天才って呼ばれてましたから彼女は」

「子供？」

「ああ、あるんですよ。子供ねぶた大会っていうのがね。子供の頃から小さいねぶたを作って。たいていは大人の作るテーマを手本に小さいのを作って、それで練り歩いたりするもんなんですけどね。意外と本格的に組み上げるものなんですよ。サイズは小さいんですけど」

「彼女、子供のときから、作るものが決まったらもうあっという間に下絵を描き上げて、友達なんかも巻き込んで立ち上げるまで」

「ただやっぱり、変わりもんでしょう、天才肌っていうか」

「あの時には、巨大な宙に浮くスパゲッティーを」

「スパゲッティー」

市哉の上げた声の思わぬ大きさに、二人は再び周囲を見回した。自身でも出した声の大きさに驚いて首をすくめた市哉に、職員は声をひそめて続けた。

「空に浮く、スパゲッティーの神様が外国に居るらしくって、作るって言い張って。まあ斬新なんですけど……斬新すぎるっていうか」

「はあ」

「だから何というか、先人から技術をついでっていう昔気質の人たちの中には良く思わない人もいるんですよ。ただ本当に、腕はずば抜けて良いものだから」

男性職員は自分自身の言葉に何度も相槌を打つようにして言った。

あれ、と市哉たちの後ろから子供の声がした。

「顔が無い」

三人が子供の視線を追った先は、展示室の壁だった。汚れも無いが色気もない、平凡な壁だったが、見上げる市哉は、職員たちの顔色が変わるのを隣で感じた。

「無い」「ほんとだ」「なんでですか」「整備予定なんてあったか」「いや……」

やがて館員のほか警備会社の人間、市の役員といった人々が展示室に入っては出てを繰り返すうち、展示室は人で溢れた。


市哉は展示室を出た通路際の腰掛けに座り、待たされていた。昼を過ぎても騒ぎは収まりそうになかった。やがて市哉のところに制服姿の男性が足早に寄ってきて、身分と名前を名乗ると、立ったまま話を始めた。

「すみませんね、待っていただいてしまって」

「いえ、特に急ぎの用も無かったので」

「手短に済ませますから。それで、今朝いらっしゃった際、何か変わったものを目撃されましたか。些細なことで構いませんが、気になったこととか」

「何も。というか、なんなんでしょうか『顔が無い』って」

「ああ、ここの方でないんでしたっけ」

男は開いたドアの奥、子供の凝視していたすっきりとした壁を指差した。

「あそこの壁にですね、『国引』のねぶたの、実物の顔だけが展示されていたんです。どういうわけだか、取って行かれてしまったみたいで。まあ、大きさが大きさだから盗まれるはずないだろうって油断もあったんでしょうけれども」

「やっぱり大きいものなんですか」

市哉が逆に問いかけた言葉に、小さく頷いてから男性は答えた。

「あれだけのものが無くなっても、気付かないものなんですかねえ。毎日見てると」

2

体が冷え切ると、吐き出される息も白くなるのを諦めてしまう。まだ冬の深みには早いが、朝のうちは頬がぴりぴり沁みるほど冷え込んだ。
和吉はかじかむ手で仔馬を厩舎から出し、柵の近くに停めた。握った刷子を使い、仔馬の背の滑らかな筋肉に沿って何度も繰り返し撫でる。もう何十回も、そうして何百日もそれは続いていた。

煙立つような葦毛の背は、日ごとにその稜線を盛り上がらせ、セリの時期が来ると和吉の家を出てゆく。休むまもなく和吉は再び、新しく生まれた仔馬の小さな背を刷子で撫で付け始める。

仔馬は生まれるたびみな同じようでいながら、顔つきだけでなく、背や肉付きも僅かずつ全て違っていた。和吉は刷子を持つその腕で知りつくしている。目を瞑っていたって、和吉には今世話をしている仔馬の背と別の馬のそれとの区別がつくのだった。

伊作は厩舎の周りを囲む柵に腰をかけたまま、柵の傍で馬の背を梳かす和吉の後ろ姿を眺めている。学校が始まる時間までの和吉の大切な仕事を邪魔せぬように、声を掛けるタイミングを窺っていた。

「ガクテンソク、って、知ってるか」

「ガクテンソク？」

「おうろ、学天則。京都でつぐられた、たげ、でったら人造人間じゃ。新聞さ載ってでた」

伊作は吃音じみたいつものもの言いで、大きさを表そうと両腕いっぱい伸ばして広げた。

和吉は伊作を振り向きもせずに、馬の背を撫で付け続ける。

伊作の家はこの辺りでも珍しく新聞を買っているために、最新の情報が手に入る。伊作はせかせかと、学天則について話し始めた。それは、来る昭和天皇の即位を記念して開かれる京都博覧会に出品予定の、東洋初の精巧な仕掛けの機械人間だった。特筆すべきはその大きさで、座ったその姿は展示されている建物の広間いっぱい、見上げる程に作られているという。

「なんだ、人造人間。からくりか」

「違う、違う。ものを考えて、字を書くんだと。大きな机で勉強しているんだと。何かひらめくと、光がついて、ものを書き始めるんだと」

和吉は働く手を休めることなく、伊作に言葉を返した。

「ものを考えたり文字書いたりするのに何して大きい必要がある」

伊作は肩を竦め、柵から足をぶらつかせる。

「解らんが、山ほどの、技術を詰め込めば、んだけ大きくもなる。京都かあ。一度見てみてえ、だども」

伊作は腰掛けていた柵から跳び下り、まだ丈のない仔馬の首を、こわごわ撫でた。

和吉は馬から目を離さない。仔馬の世話というものは、毎日同じ繰り返しのようでも少しずつ確実に変化させていく必要がある。日ごとに気をまわし注意を向け続けていなければならなかった。特に、今年の仔馬は上背の伸びがいまひとつうまくない。母馬、種馬の血統はともに申し分なかったにもかかわらず、例年になく雨がちだったのがついていなかった。日差しが細く夏の飼葉の育ちが貧弱だったために、乳の出も細かったのが原因かもしれない。

和吉は洟を啜って言った。

「無駄にでかい人造人間なんかより、馬このほうがどんだけも賢い。こたら小さくても必死で立ち上がって、走って、親を探して。乳と飼葉だけでうんと立派んなる」

「したばって……」

「なんだ」

和吉は馬から目を離し伊作のほうを見た。伊作は和吉を見ずに下を向いたまま、

「したばって、馬こは、戦争の道具だ」

と小さく声に出した。爪先で柵の梁をとんとんとついている。

和吉は少しだけ、声が大きくなった。

「何言う。南部の馬こは寒さにも強いし雪の八甲田ん山も重いもん担いでよく走る。明治からずっと三本木の補充部は日本一だ。よく育った馬こは偉い将校さまの馬こになる、御用の声がかかる。みんな、道具だなどとおもとらんぞ」

「んな問題でね、いいか和吉、おまえは、人間が、戦国時代の鎧武者みてえに、いつまでも、馬こさ乗って、ヤアヤアって戦い合っていられると思うのか」

「馬こは大切だ。南部駒がいなけりゃ人間は八甲田を越えることさえできねえもの」

「昭和が始まって、戦車も、爆弾も、飛行機も、出てきて、戦争はどんどんでかくなる」

いつも力無い伊作の表情が、今は全く違っているのに和吉は気づいて、刷子を持つ手を馬の背から降ろした。仔馬は和吉の顔をついと見やってから二、三歩ゆっくり前に進んだ。はっとして和吉は手綱を握りなおす。ぶすん、と鼻を鳴らして仔馬の首が下がった。

「だども、どんな最新式の戦車も、深い雪の山を草だけ食べて何日も歩く馬こには敵わねえ」

「明治の、世とは、違うんだ。いつまでも、戦争に使う、馬この世話していても、仕方ねえ」

伊作と和吉は暫く黙った。

和吉の家は和吉自身の知る限り代々、青森は三本木で馬の世話をする農家だった。砂地で雪も多いこの土地は、農作よりも馬の飼育のほうに向いていた。

そもそも北国の馬は、皮下脂肪が厚く張り寒さに強く、脚も太い。遙か昔から蝦夷馬と呼ばれ重んじられ、今となってこの辺りの馬は南部駒という名を与えられている。戦では鎧の重さに耐えて山を駆ける力強い馬が重宝された。

明治大正に入って騎馬で戦闘をする時代が過ぎると、南部駒は軍馬といえども実戦用より式典の行進馬として主に用いられたが、そうなってからも、騎馬肖像の際に見た目軽々しい西の馬は貧相とされ、力強く見栄えがするという理由から南部駒の需要が高かった。

南部駒は、帝国陸軍の管理下に置かれている。馬産農家も血統が他の地域に広がったり他所の馬の血統が入り込んだりすることの無いよう厳しく管理され、生まれた仔馬も慎重に育てられた。北の険しい山に囲まれたこの辺りは、混血を防止するためにも都合の良い場所であった。厳しく管理しなければ、早熟な西の馬の血を混ぜ、仔馬の上背の伸びを早めて価格を吊り上げようとする悪質な農家が出る。仔馬の頃に早く背ばかりが伸びて以後は細る一方の西の馬の血が混じると、仔馬の市場が混乱する。

三本木にある多くの馬農家は仔馬を育て「おせり」と呼ばれる二歳馬の馬市に出す。仔馬の中でも形良く肉付き麗しいものは軍による御買い上げが決定された。おせりの会場で「軍馬御用！」の声が響けば、その仔馬を育てた農家は諸手を挙げて祝う。価格も通常のセリ値と比べ物にならないうえ、末代までの名誉も約束されるのだ。そんな様子を横目で見ながら、和吉の一家も、毎日せっせと馬の背を磨いている。

伊作は馬産農家の子ではなかった。前代まで養蚕業を営んでいたという伊作の家は、現在は父と姉が軍馬補充部に雑務要員として勤務している。この地の農家ではない大人は、大抵が軍の施設で働いていた。地域一帯に広がる施設は近代的で規模も大きく、人々の生活は軍の施設を中心に回っていた。

補充部要員は割の良い仕事だったため、伊作は家の手伝いからある程度解放されていた。伊作が毎日、本や新聞で読み覚えたことを仕事中の和吉に話して聞かせるので、忙しい和吉は面白くないと思うこともあったが、反面、伊作の口から聞かされる世の中のいろいろな出来事は興味深くもあったし、伊作が同じ補充部勤務の家の子よりも和吉を慕い、こうして遊びに来るのをまんざらでもなく思っていた。

そんな伊作が言葉をつっかからせながら言うのを、和吉は黙って聞いた後、言った。

「おまえの父ちゃんや姉ちゃんだって、軍の補充部が無くちゃあ仕事がなくて、一家もろとも生きてはいらんねえよ」

「わかっとる。だども……」

仔馬が今一度、鼻を鳴らして首を上げ下げした。厩舎の中に戻る時間だった。和吉は伊作を少し見やってから手綱を引き締め、歩き出した。慌てて伊作も後を追う。

それを見計らったような頃合いだった。

「あれぇ、伊作、和吉っちゃん」

声のしたほう、柵を越えた道向こうの路地から小さく遠く、伊作の姉が見えた。臙脂の風呂敷包みを抱えて、芥子色をした綿入れの上掛けに包まれた腕の片方を上げて振りながら、小走りで寄ってくる。家を出たばかりでまだ体が温かいのか、または家から走ってきたせいか、白い息は薄紅の口元からぽっぽと吐かれては、雪景色に溶けていく。

「これ、伊作、また和吉っちゃんのお仕事の邪魔をしていたんね」

補充部では、伊作の姉のような若い娘も多く要員として雇い入れていた。同じような野良仕事や雑用であっても、施設で働く娘たちは、どういうわけか農家の娘たちより少しばかり垢抜けて見えるらしい。娘たちが施設の敷地内で、襷掛けしてかいがいしく働く姿はちょっとした嫁取りの見本市のような情況を呈しているという。

中にあって伊作の姉はというと、これは近所でも評判の美人で、補充部の放牧地で働いているのをひと目見ようと、柵越しに見物する男たちさえ居るのだそうだ。きりきりとよく動き、汗をかきかき大荷物を担ぐ割にはいつまでも白く細い伊作の姉に、周りの大人たちは皆、感心していた。

そんな様子であったから、縁談が引きも切らぬ様子で持ち込まれてきたが、半ば面倒がった本人の意志もあって、既に許婚が決まっているとのことだった。

姉妹を持たない和吉は、伊作の友達というよしみで姉に声を掛けられる時、何だかヘドモドして落ち着かない心持ちになり、それを伊作は決まって、

「惜しかったな、もう姉ちゃんは、相手が、決まっているんだ」

とからかうのだった。

ただ今日ばかりは伊作も、さっきまでのやり取りで和吉に対して気まずいせいか、何も言わないでいた。

そんな二人を見て、伊作の姉も何かを感じ取ったように笑い、

「和吉っちゃん、伊作はまだまだ甘ったれで、げんなりするところもあるかもしれないけど、和吉っちゃんのことが大好きなのよ」

そう言ってからまた、光るように笑って小走りで補充部への道を進み、一旦（いったん）振り返って、

「伊作が迷惑を掛けたらね、思いっきり、叱ってあげてねえ」

と、白い息と一緒に声を吐いた。

3

少数派の「東京」を希望した生徒からは、力無い溜息（ためいき）が漏れた。

黒板に書かれた正の字は、圧倒的多数で「長崎」に分があった。

「パンダ見たかった」

「タワーとかね」

「今のところクラスの希望を取っただけですから。まだ、他のクラスとのすり合わせやPTA会議でもご希望やご意見を募（つの）りますし」

小柄な担任がざわついた教室の中で高い声を張るが、すぐに生徒たちが言葉を重ねた。

「親の意見なんて、もう絶対九州でしょう。あれの前ならまだしも」

「そうそう、ばかみたい。東京なんてみんな普通に生活してるんだから、行ったって問題ないよ。実際、毎年東京だったんだから」

「やだよ。電車停まったり、暴動とか、怖いよ」

「そもそも夜暗くて静かな東京なんて、つまんないよ。行ったってしょうがないし」

「いやいや逆にこんな時だから見といたほうがレアなんじゃないの」

皆が口々に勝手なことを言い合ううち、学級活動終了を告げるチャイムが響いた。

スピーカーの余韻が消え入るのに紛(まぎ)れるようにして、小さく佳代(かよ)の名を呼ぶ声がした。廊下を向くと、勇次(ゆうじ)が佳代に手招きしている。佳代は廊下に出て、勇次と一緒にいつもの、渡り廊下の端にある外階段の踊り場に出て腰掛けた。

「やっぱり九州だよな。どのクラスも。なんか、ずっと自由行動、あいつらと一緒っていう話になりそうなんだけど」

勇次はもはや、行先などはどうでも良いといった様子で、行先よりもそこで皆とどう過ごすかのほうに気をまわしている。

「いいんじゃない？　仲いい人と一緒のほうが愉(たの)しいだろうし」

「また。そういうこと言うから、色々言われるんだようちら。自由行動の時間に別々なんて、周りからどう思われるか」

それはある意味ではいかにも勇次らしい考え方だと佳代は微笑ましく思った。勇次はさらに続ける。

「どこを回るか今から決めておいたほうがいいんじゃないかって思って。佳代はどこ行きたい」

佳代が口を開きかけた時、別のほうから声がした。

「……青森」

佳代は弾かれたように立ち上がった。踊り場の手すり越し、斜めに見下ろす渡り廊下の端で、男子生徒が女子と二人で話している。

えーなにそれシュン面白い。と女子は高く笑って男子の二の腕の辺りを叩いていた。男子のほうが佳代の視線に気が付き、こちらを見た。佳代は立ち上がった時と同じように慌ててしゃがみ込み、勇次に向かって微笑む。

「ちょっと、考えとく」

午後の授業は退屈な割にずいぶん長引いた。放課後になってすぐ美術室に入ると、いつも佳代が一番乗りするのに、今日は珍しく先客が居た。

その男子生徒は、低い丸椅子に長い手足を折りたたむように小さく腰掛けて、背を丸めている。細身の体型に不釣り合いな、いかつく節張った手で握ったカッターの先で、ステッドラー鉛筆の長く出した芯の先をさらに鋭くさせる作業に専念している。

「多田駿」

「おう……ていうか、なんでフルネーム」

「なんか問題？」

「長いし。変だろ」

「長くないよ、タダシュン。それに青森に行きたいってほうがずっと変だし」

「盗み聞きですか」

「いちゃつくのは勝手だけど、廊下に響き渡ってたんで」

「そんなの、そっちだって」

佳代は鞄を美術室の入口のすぐ横にある道具ロッカーの上に置いてから、丸椅子を抱えて適当な場所に陣取る。教室の後ろに立てかけてあるイーゼルの束から、目印にピンクのラメの入ったシールをつけたものを探して抱え、椅子の前に開いた。腰を掛け、イーゼルの蝶子を摘んで巻きながら高さの調整をする。

「『アレコ』でしょう」

佳代の一言で、駿の鉛筆を削る手が止まった。

カルトンにクリップ留めされた画用紙が、夕焼けを写し取ったように橙色に染まっている。

国の北のほうにできたその近代美術館は、この国が文化的な豊かさとかそういったものの発展に力を注げなくなり始めた頃に設立された。佳代が知っているのはその美術館の名前だけで、住む町から東京を越えてさらにずっと離れたその場所へは、当然行ったことなど無かった。

そこには『アレコ』と題された、マルク・シャガールの作になる巨大な画布が展示されている。

『アレコ』とはもともと、ラフマニノフのオペラ舞台のタイトルだった。同名を冠したこの絵画は、舞台で使われる背景、つまり描き割りとして造られた。布に描かれた各々の場面が四点組で一つの連作として扱われ、美術館はそのうち三点を収蔵していた。

佳代は大抵、美術室で独りきりの時に資料棚の画集を眺めて過ごした。

画集はどんな大きな壁画作品であっても、また小さなスケッチであっても、同じサイズの紙面にレイアウトし製本されている。以前は本の端に不親切な程の小文字で書かれた作品サイズを見て驚くことの多かった佳代だったが、最近では作品の写真を見るだけでそれがどれだけの大きさなのか想像がつくようになってきていた。

大きさというのは、人が作り上げる作品の中で重要な要素の一つだと、佳代は思うようになっていた。

「私も見たい。四枚揃ってなんて、今見なかったら一生見られないかもしれないし」

美術館が所有するのは、一、二、四幕の三作品だった。

第一幕は青を基調とした月光の中の恋人、シャガールが生涯をかけてテーマにしていた男女の愛が描かれている。祝祭を顕しているのは花に溢れた二幕。そして舞台のクライマックスとなる四幕は、巨大な白い馬が夜空の暗闇を駆けている作品で『サンクトペテルブルクの幻想』と副題がついていた。

残る一作品、三幕の黄金色と呼ばれる画布は、アメリカ東部の美術館が所有しているのを現在日本国内に借り受け、限られた期間とはいえ四点が揃った状態で美術館に展示されている。

今回『アレコ』第三幕の貸し出しに際しては、貸し出す側に対しても借り受ける側に対しても、国内外でかなりの賛否両論が飛び交った。

海外の意見の中には、今の日本の情勢を考えて、国際的な名作を預けることは危険なのではないかといったものが多かった。国内では、このような時こそ、疲弊した日本人には芸術、文化が必要なのではないかといった意見と、こんなことに労力やお金を割くならば、もっと必要なものがあるのではないか、芸術では腹が膨れない、または、まず日本の文化財や作品を守ることが先決だ、といった様々な民意で混乱していた。

貸借どちらの立場からの意見も錯綜する中、黄金の第三幕は日本にやってきた。

美術館には、設立時点から既に『アレコ』専用の展示室が作られていた。天井が高く真っ白な、ほぼ立方体をした部屋で、所有している三作品は、四面の同面積の壁面に一枚ずつ収まっている。借り受けた第三幕は当然のようにごく自然に残りの一面に収まった。

オペラ『アレコ』のストーリーは、ロシアの作家プーシキンの小説『ジプシー』を下敷きにしているという。一連の作品は、ユダヤ人作家シャガールが、故郷の危機から逃れてアメリカに一時身を寄せている際に制作したもので、故郷を離れて流浪するシャガール自身を、ジプシーになぞらえているのではないかとも言われている。

佳代は西日の差す窓際にいる駿に目を向けて、少し眩しそうにしながら言った。

「男の子が死にそうになって、最後に好きな絵を近くで見たいっていう話、あったよね」

「ルーベンスだっけ」

「日本がどうにかなっちゃう前に、私はあの絵の本物を近くで見れるかなあ」

「行くか、青森」

夕焼けの逆光で、駿の表情がよく読み取れない。ふざけているのか、真面目なのか解らなかった。

廊下からはしゃぐ声が近づいてきた。美術部は一年生が多いので、五限目の終わるこの時間帯から本格的に部員が集まってきて活動が始まる。二人の会話はそこで途切れた。

4

丸い珠は、店の奥で濡れたような艶を湛えていた。

店はこの辺りに並ぶ他の店同様、露店のように屋号も看板も無いうらぶれた古道具屋だった。男は時間ができれば、この歴史のある文化地区に並ぶ店を定期的に覗いて回っていた。

暗く埃じみた店の中には所狭しと、かつては何かの一部であって、今となってはもう何の用もなさないものばかりが積まれていた。例えば、かつて蒸気駆動紡績機の内部にぎっしりと詰め込まれていたと思しき黒ずんだ糸巻きや歯車。再生させる本体を失った、錆びた凹凸がひしめくオルゴールディスク。

そういうものたちの中に珠はあった。

他に並んでいるものの様子から、それも何かの工業製品の一部品と想像できたが、それにしては質感も佇まいも、あらゆる要素が有機的に思えるような品物だった。有機物でできているからなのか、または意図的に有機物に似せて造っているためなのか。

男は暫く球体を眇めた後、

「これは、二つ、対のもので、両方、揃っていないと、意味をなさない」

と、覚束ないドイツ語を使って、なるたけ喉を絞り低い声で言った。

男はこういった場所での買い物をある程度は心得ていた。売り手は欲しがる者を見極めて高く売る。それ以外の者にとってはゴミでしかないからこそ、なおさらだった。欲しがる者は、これがいかに価値がないかを店主に主張するが、言葉が熱を帯びればそれだけ弱い立場になる。そもそも買い手が品物を手にした瞬間から勝負はついているようなもので、店内において買う側ははなから不利な状況にあった。

店主はしたり顔で、

「揃っていて用を成せる状態のものなんて、ここにはありゃしないよ。そんなものはうちでなく他の、例えば私設博物館やアンティークを売りにした喫茶店ででも捜しゃあいい。そんなことは、あんたたち〈修復者(レパリーナ)〉が一番よくご存知のはずだろう」

と笑った。僕をあんな奴らと一緒にするな、と洩らしそうになるのを堪(こら)えて、男は再び珠に視線を戻す。大きさにしたって、質感にしたって、これは間違いがなかった。

「解った。幾らだ」

男は諦め、呟(つぶや)いた。下手に店主の言い値にごねたり、知った風に状態の悪さを訴えたところで、また足元を見られるに決まっていた。ただでさえ不慣れなドイツ語で長々と交渉して時間も体力も無駄に費やした挙句(あげく)、大して値下がりもしないのではくたびれるだけだ。

店主は男の潔(いさぎよ)さに却って気を良くしたのか、男が想像していたよりも少し高い程度の金額を吹っかけてくるに留まった。男が半月ほど、質素で酒なしの食事をすればいいだけの価格だった。

店主は一抱えもある珠を、皺くちゃの油紙で包みながら男に話しかけた。

「だいぶ若そうだが、〈修復者〉をやって長いのか。東洋人は手先が器用だからな」

「僕は、〈修復者〉じゃない。丘の、診療所で、働く、研修医だ。日本から来た」

「へえ。なんだ。ドクター（アルツト）が変わった趣味をお持ちだな。副業か？」

「僕を、修理で、金を稼ぐ輩（やから）と、一緒に、しないでくれ」

店主はわははは、と笑いながら瘤（こぶ）だらけの指先を開き掌（てのひら）を上にして広げ、男に差し出した。

男は慌てて内ポケットの財布を探る。店主は言った。

「日本ではずいぶんと〈修復者〉の地位が低いと見える」

「この辺り、での、〈修復者〉の、我儘（わがまま）放題が、異常なだけだ」

「まあ、この辺りじゃ生産者以上の生産をする〈修復者〉はざらだからな」

「それでも、ゼロからは、なにも、造れないじゃないか。それに……奴らは、少しでも、動かないものが、あったら、すぐ解体しちまう」

「日本人だって、馬が荷を載せて走らなくなりゃバラして喰（く）うだろう？　第一、壊れたまんま飾っとくのとどっちが機械にとって幸せなのかなんて、解らんよ」

店主は太い指で丁寧に、紙幣と硬貨を数えた。紙幣の幾枚かはひどく損傷していて、店主はそれを掌で伸ばしたり、シェードの灯（あか）りに透かしたりして確認した後、

「おまえさん、面白いな。買ってくれた代わりといっちゃあなんだが、この珠を手に入れた時の話をしてやろう。おまえさんと話していて思い出したんだが」

男は受け取った珠を、自分の引いてきたキャスターつきのトランクの上に括りつけようとしていた手を止めて店主を見た。

「……やっぱり、二つ、あったのか？」

店主は問いに答えることなく、ゆっくりと思い出すように、切れ切れの話を始めた。

古い道具や部品で訳ありでないものなんて、まず無い。盗まれたもの、事故にあって壊れたもの、持ち主がおかしなことになって宙ぶらりんになったもの……いわくが渦になって澱んでるのが古道具なんだ。

だから、古物商をする人間は、忘れっぽいとか、勘が働かないとか、とにかくそういう鈍い奴が向いているんだよ。もちろん、私は、残念ながら古道具屋になる才能にはとんでもなく恵まれてた。だからこの記憶も、話半分で聞いて欲しい。ひょっとしたら、他のものと少しばかりごっちゃになっているかもしれない。

……たぶん七年、いや、六年前かな。復活祭の月曜だ。丘を越えた西側の町があるだろう、教会の前に広場があって、そこにわりかし大規模な道具市が出る。職業柄でね。仕入れる時は箱単位で買い付ける。

その日も車を広場の入口に停めて、手押し車で箱ごと、仕入れたものを運んでいた。そのうちのひとつをどうしても売ってくれって、声を掛けられたんだ。すごい値段を持ちかけられてね。……そんな時、古道具屋はどうすると思うかね？ すぐ、はいはいと応じちまう奴は、そもそもこの職業には向いてない。古物商には鈍さと一緒に好奇心をも持ち合わせてないとね。

その時は、今すぐは売れないから、来週、私の店に来てくれと伝えた。それまでは誰にも譲り渡すようなことはしないと約束もした。

店に帰って急いで中身をひとつひとつ、丹念に調べたよ。どこの、何の部品なのか……結果を先に言うと、さっぱり解らなかった。悔しかったね。タイム・オーバーだ。

週が明けてすぐ、例の客が、店の開くのを待っていたみたいにしてやってきて、箱を買って行ったよ。私も最後の負け惜しみ、逃げ犬の後足蹴りって言うのかな。得体の知れないものを〈修復者〉に引き渡すことへの恐怖もあったしね。この珠だけを抜き取っておいたんだ。箱ん中にはもうひとつ同じのがあったからばれやしないと思っていたが、箱を見るなり落胆されたのにはヒヤリとした。

あれは本当に、なんだったのか。ひどく東洋趣味だが、神話や歴史に沿った西洋のモチーフ、アフリカの土着のイメージもごったに混ざっていた。ただ、造りはやたらに精巧で……飾りレリーフ……シナ風の文字……。

店主の勿体（もったい）ぶった言い方に男は焦（じ）れて呟く。

「……三足烏（さんぞくがらす）、は」

男の言葉に、店主は頬をだらしなく震わせて口の中だけで笑ってから、男に尋ねた。

「ドクターは知ってるんだろう、あの箱に入っていたこの珠が、以前はどんな機械に収まっていたか」

男は荷物を引き、出口に向かって足を進めながら注意深く答えた。

「あんたらに、言わせりゃ、ただの、動きもしない、ガラクタだ」

店主は男の声に特徴的な、吃音じみた発声に動揺を感じ取り、

「なるほど」

と笑いながら、店を出る男の背に向かって声を投げた。

「こんなに鈍くて忘れっぽい古物商の男がなぜ、こんなに些細なことまで思い出したか、わかるかい？　その箱を高額で買い求めたのが、あんたに本当に、喋（しゃべ）り方までよく似た、娘さん（フロイライン）だったからさ！」

店主の言葉は、まるで魔法使いの呪いのように、男の背中を射抜（いぬ）いた。

「あんたはその得体の知れない機械の部品と一緒に、その娘さんも探している。そして、その娘さんもまた、部品とあんたを探しているんだ。違うかい？」

男は背後から受けた衝撃に半ば足元をふらつかせながら、ドアに肩をぶつけるようにして店を飛び出した。

やっとの思いで下宿の薄暗い書斎に戻った男は、丁寧に油紙の包装を解き、珠を暫く眺め、一筋だけ涙を流してからそれを頃合いの良い木箱に収めると周りに布きれを詰め、蓋をして、伝票の準備を始めた。

これでもうどれだけ、荷物を日本に送っただろうか。初めの頃はまめに手帳へ記録を付けてはいたが、近頃はただ探して送るの繰り返しになっている。

行為は、たしかに〈修復〉だった。ただ、それはひとつのものを〈修復〉するのと同時に、かつて男がその一部を構成していたものを〈修復〉する行為だった。手順もやりようも手探りだった。難しいかどうかさえ解らない、不毛と思える試みに、男はもう長いこと力を注ぎ続けている。

自分にとって大切な人たちで構成されたひとつの単位。それは男がまだ幼い少年の頃、眼の前であっけなく壊れて、無くなってしまった。男はその〈修復〉に人生を費やすことを、もうずっと前から決心していた。

男は、かつて出会った移民の老紳士に聞かされた言葉を励みに、この気の遠くなるような作業を続けてきた。皮肉にも老紳士は、男の敬遠する〈修復者〉を長いこと続けていた人物だった。故郷を追われている、彼のような〈修復者〉は非常に多かった。それは、身ひとつでできる仕事であると同時に〈修復〉という作業に執着を抱きやすいためだと男は考えていた。

もう目も手先もきかないからね、でも、と老紳士は続けた。

「例えば機械の部品だとか、割れた壺の欠片だとか、そういったものが元の場所に収まる直前、お互い吸い寄せ合う力が生じます。それは長く使った古い壺や、部品の多い大きな機械ほど強い力になるんです。時として、その力によって山や海を越えさえします。あるべき場所に収まるために作られている物であるからなのか、作った後、記憶が部品に宿るのか。その両方かもしれません。とにかく妙な、あるべき場所に戻ろうとする力が生じるために、私たちは分解したものが何の部品なのかを、たいした知識など必要とせずに知ることができるのです。私たちはその力の手助けをするだけでいい。また、あるいは私たち自体がその部品の力の一部に過ぎないのかも」

男は日本宛の伝票を書き終えると、箱の上に丁寧に貼り付けた。

5

公園の敷地内には、ねぶた観音と呼ばれている像がある。毎年組み上げられては壊されてしまうねぶたの魂を供養するために建立されたものだという。

石で武骨に彫られたねぶたの上にすらりと立つ細面の銅製観音像は、踏みつけているというより、蛹が脱皮して成虫になるようにねぶたの背中が割れて湧きあがっているという風情で、力強い存在感を放っていた。

那美は、市哉の隣で手を合わせて熱心に拝んでいる。市哉はその姿も注意深くカメラに収めた。

今日、市哉が那美に声を掛けられたのは、公園に向かう途中の路上だった。初めて会った時と髪型や恰好こそ同じだったにもかかわらず、あまりに雰囲気が違っていたために、市哉はそれが那美であることにさえ、すぐには気が付けなかった。

「もう、下絵は完成したんですか」

市哉は尋ねた。那美は、

「もう殆ど決まっているから、あとは一気に仕上げるだけだ」

と答えた。

市哉は資料館で目にした、過去のねぶた名人たちの描いた下絵資料のことを思った。ねぶたの下絵は、完成したねぶたからは想像できないほど小さく繊細だった。設計図というよりはイメージスケッチや絵コンテのような役割を持つのだろう。あれほど大きく、また立体的なものを想像してから書道の半紙のようなサイズで描き上げ、さらにその小さな画をもとに巨大なものを組み上げてしまう。

下絵は一枚でその年のねぶたの雰囲気を大体決定させて、皆の製作の方向性を定める意味合いがあるという。当然、ねぶた師は一年の作業の全ての要となる渾身の一枚を描く。作業場にはPCらしきものの気配すら無かった。市哉にとって、筆で描かれた一枚の絵から立体を組み上げる作業はまるで魔法のように感じられ、自分にそんなマネができるとは全く思えない。

市哉が言うと、那美は慣れだ、と笑った。

「アニメってあんだろう。パラパラ漫画っていうのか。一秒に何十枚も流れる画の間を、一枚一枚、探りながら抜き取ってくと紙芝居みてえになる。そうやってどんどん選んでって、最後、自分が信じる一等良い一枚を選ぶ。それでも最高の一枚なら、大体物語の全部が解るもんだ」

那美がいう言葉に注意深く耳を傾ければ傾けるほど、却って市哉は混乱し、その途方もない製作方法を理解することができずにいた。

ねぶたの下絵の画題に明確なルールは無い。神話の英雄だとか歴史上の人物に、現代の社会情勢を考えあわせて題材を選び、描くことが多い。誰々の生誕何百年だとか、遺跡発掘がどうだとか。ドラマや映画の時代劇で話題になった人物をモデルにすることも珍しくなかった。

「今回の題材は、大太郎法師だ」

那美は小声で、しかし満足気に言い切った。

大太郎というのは大きい太郎、つまり大男を指し、その敬称として法師と付くと国造神を意味する名になる。大太郎法師は、ある地域ではダイダラボッチという妖怪として民話に登場する。そういった意味のことを那美は興奮気味に、子供のように話した。

市哉は、那美の印象が変わったと感じた理由が、那美の目の大きさにあると気付いた。目に光が宿り、瞳が幾周りか大きく見えた。

那美はこの数日で急激に体重を落としているのではないか。下書きは通常、ねぶた師が一人で描き上げることになっているという。きっとそれは、大の男でも骨身を削る大仕事なのだろう。目の前にいる年若い那美には、想像を絶する消耗なのかもしれない。

市哉の心配気な視線に気付いたのか、那美は我に返って、

「ごめん、慌てて喋りすぎだな。久しぶりに人と話したから」

と、声のトーンもスピードも、意識的に落として話を続けた。

那美が作るねぶたの目指すものは、大太郎の裏に潜ませたタイタン神の姿だという。ギリシア神話の巨人であるタイタンは、災害を司る畏怖の神。その偉大さを語る那美の目は再び輝きを増した。

「日本はもともと、八百万の神様の国だ。誰が何を信じちゃなんねえなんて決まりはねえ」

そう言って笑ってから、ゆっくりと掌を顔の横まで持ち上げると、指先を折って狐の形を作り、指を着け離して口を動かしている風に動かしながら、腹話術めいたやり方で市哉に向かって語りかけた。

「ねぶたの裏側に何を造るかも決めたんだが、まだ資料が足りない。おまえに色々調べてもらいてえ」

ねぶたは製作期間に実に細かな決まりごとがある。市哉は初め、杉造と面接した場所で作業を行うとばかり思っていたが、実際はそうではなかった。

一年間のうちに数か月、ねぶた師の集団はみな製作の時期になると、建場と呼ばれる広いテント張りの場所で製作を始める。あの接着剤の臭いが充満した作業場は、道具を収めたり小道具や部品を作るのに利用するのだという。

ねぶたの決まりごとは製作期間だけではなかった。大きさも幅や高さ、素材の密度にまで厳密な制限が設けられている。昔は違う町から見えるほど大きなものを作ることもあったらしいが、現在は決まりごとに沿って土台だけでなく空間の細かな距離まで測量がされ、少しでもオーバーすると削られたり、時には出場を停止させられることにまでなるという。それは主に道路交通法など安全面への配慮ではあるものの、那美や杉造に話を聞いた後となっては、ねぶた作りにおける様々な制限は、もっと複雑で思いもしない何か恐ろしいものから人間を守るための決まりごとのようにさえ、市哉には思えた。

「杉造は、あそこが気に入ってるみてえだからな。住み込んでもらう代わりに管理を任してんだ」

那美は市哉に杉造のことを話し始めた。市哉はずっと、那美と杉造は幼馴染み（おさななじ）のような関係なのではないかと思っていたが、二人は同郷ということではないらしい。

「あいつんちは昔から十和田（とわだ）の山ン中にある家で、でも、おとうもおかあも居ねえんだ」

「なにか、大きな事故でもあったんでしょうか」

市哉にとって家族がばらばらになるほどの出来事というのは、ニュースになるほどの大事件であるように思われたが、那美の返答は素っ気ないものだった。

「よく知らねえ。そういうことは、聞いてねえしなあ」

「兄弟も、親戚も居ないんですか」

「そんな風にばらばらになった家は、ここいらの山ン中にゃいっぱいあるよ。今に始まったことでもねえ。雪の深い田舎ってのはそういうことがよく起こる。あいつんちはでけえ家だったみてえだけど、身ひとつ、一人っきりで出てきちまってんだよ」

話を聞きながら市哉は、杉造があの日、突然ふらりと訪れた自分をあれ程まで警戒していた理由について考えた。任されている場所だからこそ、あそこまで排他的な感情をむき出しにしていたのかもしれない。

しかし、それにしても。

「ねぶたの裏は、田中舘愛橘先生だ」

那美の手で再び形作られた狐が、口を開いた。ねぶたには表と裏がある。やってきたねぶたの姿を見る時には表のテーマ、去り行くねぶたを見送る際には、表のテーマを補完する裏の姿というものがあるのだと言う。那美はその裏ねぶたについて、地元の文化に詳しいとは言えない市哉に調査を頼む、と狐の口調のまま言った。

ひょっとして那美は、自分にとても重要なことを頼もうとしているのではないだろうかと市哉は考えた。そのことの大きさを和らげようと、那美はこんなにも茶化した話し方をしているのかもしれない。

「下絵を仕上げねばなんねえから帰るけど。頼んだぞ」

那美の指先の狐がするっと解けて姿を消し、同じように那美も市哉の目の前から去っていった。

駅までの途上にある大学図書館は、住民にも開放されている。市哉は入館証を作成して入り、幾つかの資料を手に取った。

愛橘について初耳であった市哉は、那美が「先生」と呼んだこの人物を、地元の名士か何かだと思っていた。だが、旧陸奥国、現在の岩手県出身の田中舘愛橘は、日本の地球物理学の礎を築いた人物だった。

出身こそ東北だったとはいえ、青年に満たない歳の頃に一家ぐるみで東京に移り住み、大学に進学してからはイギリス、ドイツと留学し、文学、理学をともに学んだという。富士山の引力の計測は、その後のプレートテクトニクスの大きな発展に繋がったらしい。他にもローマ字やメートル法の普及にも努めていたとも言われている。ダ・ヴィンチのような人だったのだろうか。市哉は資料を捲りながら、那美の言葉を思い返した。人が造った身の丈に合わない巨大なものは、いつか動いて暴れ出す。

市哉は図書館から帰りしな、杉造の居る作業場へ向かった。

最初に杉造と出会ったその場所は、未だ準備期間の静けさを保っていた。固く閉じた扉、簡易に拵えられた呼び鈴を鳴らすと、暫くして建てつけの悪そうな音とともに隙間が空き、杉造がのそりと顔を出した。

扉の隙間から接着剤や材木の青くささが流れ出て、市哉に届いた。最初の、あの時と同じ匂いだった。

「なんだ、おまえか」

那美が居ないこともあってか、杉造の表情はあの時と同じように硬く、非難がましいものだった。

「何か用か」

垂れ込める匂いと強い口調に、市哉は急に面接のときのように気圧されて、うつむき首を振った。

「必要があるまで声は掛からんのだから。家で待っとけ」

ぶっきらぼうに言われて戸が閉まった。市哉は思っていたことの一言も口にすることができず暫くその場に立ち、小さい溜息をひとつついて離れた。

山深い里で生まれた杉造のことを市哉は思った。

彼の父や母、彼の一族が離散していった理由や、杉造がその一族の中でどのように現在の彼になっていったのか、考えを巡らせる。彼の、巨大なねぶた製作への執着は、那美や市哉のような人間が思うところとは全く別のものなのかもしれない。

市哉の心に浮かぶ杉造の佇まいは、孤独に北の地で槌を打つ精霊だった。杉造が巨大なものを組み上げることは、彼のばらばらになった一族を修復する行為と何か関係があるのではないかと、市哉はとりとめも無いことを考えていた。

6

大風に舞う雪の中、和吉の家の戸が叩かれた。日が昇るのにもずっと早い、まだ真夜中だった。

和吉も両親も床についていたが、嵐に負けず戸を力任せに叩く音で揃って飛び起きた。扉の外には、吹雪く風の中、笠ひとつ被らず寝巻きのままで真っ白になった伊作がいた。

「あれえ、伊っちゃん、どうした」

和吉の母が伊作の肩を摑んで引き寄せ、土間に上げて頭の雪をはたく。さらさらとした雪が頭の上から落ち、伊作の目からはぽろぽろと丸い涙が零れだした。

「姉ちゃんがいねぐなった」

皆がしんと黙って、土間には伊作のしゃくりあげる音ばかりが大風と混じって響く。

和吉は、白くて細い体と、桃色の頰をした伊作の姉を思った。伊作の姉はこの暮れに縁談が本格的に纏まり、年が明けたら結納となっているはずだった。伊作の姉が乗り気でないという話を聞いてもいなかったし、何より相手は将校の血筋の人だとかで大輿だった。

「学天則を……学天則が」

と嗚咽に喘ぎながら細切れに言葉を発した伊作に気付いて、

「伊作」

和吉は伊作を落ち着かせようと肩に手を置いて二の腕をさすってやる。

父はここでは寒いからと伊作を家に上げた。母が囲炉裏の火を掻き起こして湯を沸かし、伊作に差し出すと、未だ涙の筋を幾つも拵えながら伊作は一語ずつ言葉を発した。

「姉ちゃん、学天則、見に行ったんだ。俺が、あんなことを、言ってしまったから」

どうやら伊作は、自分が学天則の壮大さと霊験を語ったことが姉の消えた理由だと思っているようだった。

「だって、姉ちゃんが、あんなに聞きたがるのだもの」

伊作が学天則の話をする時、姉がいつもと全く違う様子だったのを感じたという。真剣に聞いていたかと思うと、まるで何かに目を覚ましたかのように、

「では私たちに何か問題が生じたら、学天則に頼めばなんとかしてくれる」

ときっぱり言った。あまりにも力強い言いかたに、伊作も気圧されたらしい。

伊作の父が、暮れ時になっても戻らない姉を心配して、駐在へ届けた。姉が軍の施設から逃げたと伊作の家に伝えられたのは、届け出てだいぶん経った夜のことだったらしい。

大騒ぎになっている理由は、彼女が乗って逃げたという軍馬だった。

「姉ちゃん、太夫銀(たゆうぎん)に乗って行ってしまった」

これには和吉だけでなく和吉の父母も、ひっ、と声を呑(の)んだ。

三本木の軍馬補充部には、太夫銀と名づけられた馬がいた。名馬というよりそれはもはや神馬(しんば)と呼んで差し支えないほどで、周りと同じ馬という種類の生き物とは思えないほどの大きさであったために、誰に乗られるということもなく特別な厩(うまや)で飼育され、行列や催事のときに何人もの男手に引かれて練り歩かされるといった、いわば軍の威厳を顕す、信仰の対象の如き(ごと)扱いだった。

人が乗れない理由は、まず太夫銀の大きさであった。体高は七尺を優に超え、頸(くび)も脚も他

な大男も跨ぎ挟むことができないほど胴が丸く太い。

　太夫銀の血統は不思議なほど曖昧だった。生まれ育った経緯もはっきりとしていない。そのためこの辺りの馬農家の間では、太夫銀はどこか異国の巨大な馬様生物と掛け合わされた混血だとか、母馬は太夫銀を産む際にほとが裂けて死んだとか、そんなとんでもない生き物を育てた農家の一家は、天の裁きを受けて太夫銀に喰い殺されただとかの流言が飛び交った。

　しかしそれでも太夫銀が人気のあったのは、麗しい姿かたちと、この地域に語り継がれている神馬伝説のためであった。太夫銀の毛色は八甲田の雪を写し取ったように白く、尻から尾までの斑の模様は、名前どおり銀の砂子を振りちらし輝いて美しかった。

　太夫銀の命名は、この地域に伝わる伝説に由来した。

　かつてこの辺りの放牧地に突如現れた馬、鞍七つの馬と表現される巨大な馬は、放牧されていた他の牡馬を悉く喰い殺したため人間によって打ち殺されたが、その後放牧地にいた数十頭の牝馬が全て身籠っており、産まれた仔馬が一頭の例外無く名馬だったという太夫銀説話は、この地が名馬産地である謂れと、今後も名馬の血統を守るべきとする寓話として、後々まで語り継がれている。

　伝説の由来を背負った太夫銀は、行列など披露目の際以外は、軍の施設で働く者でもおいそれと近づくことはできなかった。

「太夫銀さ乗っで逃げだ？　それは、確がなのか？」

伊作は肩を震わせながらひとつ頷いた。

「軍の夜警部の副長さまが……正門の門番係さ連れて家さ来て、話聞いで」

「正門から出たのか」

「なん、ばかな。補充部の門にゃ大の男が何人も、銃持って番しとる」

「翔んだんだと」

和吉は伊作の言葉を、何か物語の中で起こった他人事のように聞いた。

三本木は計画的な血統管理をするようになってからずっと閉ざされてきた。他の地域から馬を運び入れるにも運び出すのにも何重もの許可が要った。ましてや軍馬は貴重な国の財産で、さらに太夫銀ともなれば滅多なことでは内部の者が触ることさえままならない。

そんな軍の重警備を、一人の娘が軽々とかわせるとは誰にも信じられなかった。何間もの高さでそびえる鉄条網つきの煉瓦塀をいかに神馬といえども娘一人の手綱取りで飛び越せる訳が無い。

しかし門の警備にあたっていた男は、確かに見たと、繰り返し、呟いていたらしい。

「どれだけ撃ってもびくともしねえで、そのまま雪の空を駆けて山の向こうに消えてしまった。太夫銀は娘を助けたんだ。娘は、あの寒さの中、裸同然の白襦袢で太夫銀の首っ玉さしがみ付いで、太夫銀の膝から下と、鼻息を荒く吐き散らす口元と、それに、娘の白い股が血で真っ赤に染まって……。間違いねえよ。真っ白な中にそこだけだもの」

太夫銀の消えた厩の傍には、数人の男の骸が転がっているのが見つかった。現場では正確な人数は解らなかった。それは全ての屍が喰いちぎられてもみくちゃにされていたからで、特に顔と局部は鋤のようなもので抉られていた。皆、言葉には出さなかったが、太夫銀が齧り喰ったと信じて疑わなかった。

深夜に補充部で起こったその事件によって、村中が大騒ぎとなり、伊作の父は軍の幹部に呼ばれ連行されていったらしい。あの様子ではもう家には帰ってこれないのではないかと、伊作は言う。

補充部だけでなく農家の人間も駆り出され、山探しは夜通し続いたが、結局伊作の姉の姿は見当たらなかった。

和吉の父は母に床をひとつ準備するように、そして和吉には伊作をひとまず休ませて、一刻ほど経てば夜も明けるから伊作を家へ送り届けるようにと言いつけた。

和吉は伊作が隣で布団にくるまり、明け方までずっと震えているのを感じていた。

未だほの暗い闇の残る朝方、伊作の家は朝の雪除けも済んでいなかった。

玄関を進んだ奥から奇妙な物音が聞こえた。和吉と伊作が廊下を抜け居間の引き戸に手を掛けて注意深く開くと、伊作の母の着物の裾が床と擦れてぱたぱた、しりしりと鳴っているのが目に入った。

伊作の母は、足を前に出し後ろに蹴り上げ、くるり回って尻を振った。二度跳ねて、前に突き出すように曲げた膝をカクカクと開閉して震わせる。踊っているのだ。誰かに習う踊りとも祭りで神様に捧げる踊りとも違う、恐ろしく決まりのない動きだった。

和吉は伊作の表情をちらりとも見ることができず、その踊りを見つめ続けていた。伊作の母は、和吉と伊作が見ていることにも一向（いっこう）気付かず、手に持った木切れを振り回しながら踊っている。木の枝には白い紙が何重にも巻き付けてあった。

伊作の姉はオシラサマだったのかもしれない。と和吉は考えた。女と馬の神様が、伊作の家に昔から飾られていたことは知っていたが、和吉はこの時初めて、伊作の母の手で振り回されるようにしているその神様の姿を、意味のあるものとして眺めていた。あの神様は、伊作の姉と太夫銀だった。そう考えてみれば、伊作の姉が野良仕事続きで白い肌のままだったのも、棒のように細いのも、馬を駆って空を行ったのも、大黒柱でもない一人の娘が居なくなったことで、こうも簡単に一家というものがばらばらになったのも、なんとなく合点がいくように思えた。

7

修学旅行の出発日を一週間後にひかえた朝、制服を着て朝食の並んだ食卓に着く前に、

「私、行きたくない」

と佳代が台所に立つ母親の背中に向かって言葉を発したとき、母は振り向きもせず、少し言葉の意味を考えるように黙って、その後あっさりと承諾をした。

佳代の母は、周りから見ても頭の良い、仕事ができる人間で、佳代にとっては若干息苦しい程度に厳しかった。そのため今回も、自分の希望は一笑に付される、もしくは何をふざけたことをと叱られるかのどちらかと考えていた佳代は、理由を訊かれることもなく受け止められてしまったことが信じられなかった。

修学旅行のための積み立てもしている。そのことで責められるかもしれないと思っていた。

「体調不良、っていう風に先生にはお伝えしたらいいかもね」

肩透かしを食ったまま背中を見つめていると、再び母は佳代のほうを見ずに口を開いた。

「行ったら行ったで楽しいこともあるかもしれないってお母さんは思うけど、無理だって佳代は思ったんでしょう。そういう気分で旅行して、その場所が悲しい思い出と紐付けされたら寂しいからね。行きたいって楽しみにしていかないと、その場所に失礼だろうし」

その後に、

「ああ、でも、もったいない。お母さん、代わりに制服着て混ざって行こうかな。宮崎だっけ」

と言った。

「長崎だよ」

笑うこともできず佳代は真顔で答えた。食卓について箸(はし)を持ち、麩(ふ)と若布(わかめ)の味噌汁に口をつける。


放課後すぐの美術室は、いつもと変わらず佳代と駿の二人きりだった。

「修学旅行、休めるよ」

と言った時、駿は今まで見せたことがないような、意外そうな表情をした。

「彼氏大丈夫だったの」

「まあ、文句は言われるよね。でもああいう性格だから、友達と楽しんでたら忘れるんじゃない」

「親は」

「それは平気。たぶん」

「じゃあ航空券とっていいの。二人分」

「いいけど、高いんじゃないの。あんまりだと、私出せないかも」

「ネット通販で安いの探すから大丈夫。でも」

「何」

「絶対、日帰りじゃなきゃ駄目なわけ？」

「うん」

「ざっと計算しても、片道三時間半で、一時間見れるか見れないかになるぜ。俺、何にもしないけど」

「当たり前でしょう。そういう問題じゃないよ」

「どういう問題だよ」

「信頼問題。人間同士、っていうか家族同士の」

ふうん、と駿は口を尖らせてから、ステッドラー鉛筆を削る行為に戻った。


夜、佳代が自分の部屋にいるときに、居間で父と母が今回の修学旅行の件で言い合っている声が聞こえた。普段滅多に聞くことの無い、両親の、静かな心配りのある言い争いだった。

父はやはり、行かないなりの理由を訊かなくてはいけない、社会人になってからも気に入らない人と同じ空間で、同じ時を過ごすことは必要なのだから。というようなことを低い声で語った。そんな父に対して母親は、佳代は今までも部活やクラス、社会に馴染んでいないわけではないし、きちんとしてきたのは私たちがよく解っている。その上で自分で決めたことだから尊重しましょう。と言った。きっぱりとした、母らしい言い方だった。佳代は、声を上げることもただ眠ることもできず枕に顔を埋めた。

修学旅行の前日、佳代の母親は仕事に向かう準備をしながら、

「修学旅行に行かない人用の自習もあるって先生から言われたけど、まあ、仮病だから、行っちゃったら駄目なんだけど」

と佳代に言った。佳代は、

「明日は朝、ちょっと早く出て上楽山（じょうらくざん）のあたり散歩して、できればスケッチとかして……、それから図書館に行こうと思って。夕方、夜ご飯前には帰ってくる」

と一気によどみなく伝えた。努めて滑らかに言ったのは却って不自然だったかと後悔し、母が、おや、という視線を向けたことにどぎまぎしたが、その後母は口角（こうかく）を軽く上げて、そう、とだけ応えた。

佳代が次の日の朝いつもより早く、極力大袈裟（おおげさ）じゃないようにと選んだ鞄を持って台所に行くと、おにぎりが二つ、紙の手提げ袋に入って食卓に置かれていた。

「お弁当だと箱が邪魔になるでしょ」

と、まだ出勤の準備も済ませていない母が欠伸（あくび）を嚙み殺しながら寝室に戻っていった。

空港の最寄り駅には、私服姿の駿が待っていた。

生成り色の襟付シャツにタックの入ったスラックスで、高校生の普段着にしてはデザインが野暮ったく、サイズも華奢な駿には合っていなかった。

「兄貴の借りてきたんだ。子供っぽく見られると色々面倒だろ」

駿は早口で言い訳をしながら、財布からチケットを一枚取り出し、佳代に手渡した。

「全然違う名前書いてあるのは、個人売買のサイトで買ったから」

佳代は手渡されたチケットを眺めた。

「これ、飛行機事故とかで死んだら問題なんじゃないの」

「ばれたらつかまるかも」

「なにそれ、やだ」

「ばれないようにすりゃいいだけだろ」

駿は軽く笑い、それでも足早に歩き出した。ネットで下調べしてきたタイムテーブルを狂わせられないから、と、手にしたスマートフォンの液晶画面には、分刻みのアラートが設定され、ポップアップ文字が並んでいる。

飛行機に乗った後も、このタイミングで席を立てば早く空港に降りられる、ゲートはこっち、電車の乗り換えはこの車両のこの出口からが一番効率的、と駿は手際良く、何回も通った道のように振る舞って佳代を先導した。

佳代も周りの店や街を見ると自分が立ち止まってしまう気がして、駿の後ろ姿だけに集中してついて歩く。

空港から都市部に向かって進む各駅停車線の車内は、平日の正午前でなおかつ曇天（どんてん）、薄暗い日でもあるせいか、人はまばらだった。二人の乗る車両にも、他の乗客の姿は無かった。

「なんか、多田駿て凄いね」

「なんで。てか、結局フルネームなんだな」

「よくさ、右も左も解らない土地っていうけど、多田駿はそんな場所が無いみたい。路線図も地図も見ないし」

「要らねえよそんなもの。てか、どこ行ったたって右とか左とか同じだろ。北は北、西は西」

「脳みそが違うのかなあ」

「そうかもな。俺ひょっとして、先祖は遊牧民とかかもしれない」

「なんか、ありがとう」

「まあ、俺が見たかったから、ついでみたいなもん。でも、日帰りはさすがにきついよな」

「ごめん」

「お、なんかずいぶん素直じゃん」

「普段どんだけひねくれてたっけ、私」

二人が少し笑った瞬間、すとんと車両が停まった。

もともとスピードはたいして出ていなかったが、急停車のため二人の体が前に傾いた。二人だけの車両の内部が静まり返る。

直後、駿のスマートフォンだけでなく、佳代が念のためだと電源を落としているはずの携帯電話も同時に、聞きなれないが緊迫感のある機械音を発した。液晶画面を見ながら駿が小さい声で、

「やばいかも」

と言った直後に、電車内の照明が消え、衝撃が来た。雷(かみなり)のような破裂音と共に、二人の居る硬いはずの車両が傾き、柔らかく捻(ね)じれた。

8

骨組みの木材は大丈夫か、建場は。

急ぎ足で幹線道路を進む市哉の懸念はそればかりだった。

幸いまだ、建場にある造りかけのものたちの電気系統は配線が済んでいない上、水や軽油も置かれていない。そのため火事になる恐れはほぼ無いだろうと市哉は考えた。ただ、小屋は港の海っぺりなので、大波への恐怖があった。

進行状況は未だ三分程度の組み掛けだし、再び組み直すことはいくらだってできる。それ

ないだろう。

より心配なのは、おそらく今作業中であろう人間だった。時間的に助っ人(すけと)は建場に入ってい

ただ、杉造とも那美とも連絡が取れなかった。市哉の足取りは速度を増した。

あらゆる心当たりの番号を呼び出しても、携帯電話はずっと不通だった。ひょっとしたら地域全体で回線がパンクしているのかもしれない。市哉は諦めてポケットに携帯を捻じ込んだ。

幹線道路は、車やバイクが見渡せる範囲で隙間無く詰まって前にも後ろにも進める様子が無い。自転車やバギーカーさえも、おろおろと立ち往生していた。その隙間を縫(ぬ)って歩行者が、市哉と同じように早足で移動している。辺りを見回した市哉は、この町にこれほど車や人が居たことに驚いた。

昼下がりにもかかわらず愈々(いよいよ)暗く重たく広がる空の下、歩道を行く人を掻き分けるようにして急いだ。

普段その重さを意識もしない、首に掛かった一眼レフは今日に限ってあまりにも邪魔に感じた。さらに片腕には、那美から集めるよう頼まれた資料のファイルが抱えられている。

今までその名前すら知らなかった市哉は、今では工房の誰より愛橘についての知識を得ていた。

安政(あんせい)の世に生まれた田中舘愛橘は、イギリスとドイツに公費留学した後、東京帝国大学の

物理学教授に就任した。

安政というのは、七年という短い間に、日本国内がひっきりなしに大きな災害に見舞われた時代だった。愛橘は日本全国の地磁気測量を行い防災調査会を設立し、日本の近代防災の礎を築いた人間でもあった。

表にタイタン神、裏に田中舘愛橘。

那美の想いを写し取るねぶた下絵のアウトラインが少しずつ見えてきた気がしていた矢先の、今この騒ぎだった。

駅に近付き、目抜き通りを抜けていこうとする市哉の目の前に、雨除けの庇や工事の足場が崩れ、そのためにそこらじゅうで人の流れが滞っている光景が広がった。橋脚が落ち窪み、その下も上も通ることができずに立ち往生している乗用車やバス。クラクションや大声を響かせる者こそ居なかったが、様々な混乱がざわめきを生み、ＢＧＭの流れない街で多くの音が通りを満たしている。機能を果たしていない横断歩道や信号によって、歩行者の混乱は一層増していた。もうこれは建場に辿り着くことすらできないのではないかと市哉は考えて立ち尽くす。

その時、ざわめきの隙間を縫うようにしてはっきり、自分の名前を呼ぶ声が耳に入った。

市哉は懸命に人混みの中、自分へ向けられている声の主を探した。声は絶えず、微かにしかし確かに聞こえたが、その言葉は発せられた傍から大量のざわめきに染み込み消えていく。

それでも繰り返される自分を呼ぶ声に集中し、ようやく見つけたのは、電話ボックスの尖った屋根に足を掛けて両手を振っている那美の姿だった。

北の町の電話ボックスは、雪除けのため地面から数段高い位置に作られ屋根が尖っている。市哉の故郷のそれと比較して不格好な程細長く、丈も高かった。

薄暗い空の下、再度、那美の声が鋭く響いた。市哉は人の流れをめちゃくちゃに逆流して那美の下へ近づこうともがいた。

市哉が目指し見上げる那美のその背後に、新聞社か放送局か、とにかくそういった類の、丸いアンテナの山ほどくっついた背の高いビルと、やはり大きくそびえる県庁舎がある。二つの大きな建物の間から、巨大な何かが市哉の居る側を覗いた。

目？

市哉は、もはやそんな場合ではないというのに、かつて教科書か何かで見たことがある有名な外国の油絵を思い出した。

山の間から覗き見る一つ目の巨人の絵。巨人は静かに、山肌の花畑に横たわる娘を見守っている。怪物なのか神様なのか良く解らない絵だったのを覚えている。いや、那美に訊けば怪物も神様も同じなのだ、と言って笑うだろう。

今、ビルの間から覗いているものは、原色で、光っていた。

少しずつそれは建物の陰から背中を擡げ、立ち上がるようにして姿を現した。市哉の見たとのある今までのそれよりもずっと巨大で、そうして驚いたことに自分自身で手足を動かし移動していた。

人込みのあちこちから息を呑んだりどよめいたり、なに、これ、撮影？　すげえ、いや、こんな時に、まさか、と皆めいめい携帯で写真や動画を撮っている。市哉は声に出した。

「国引」

市哉の口の動きと、多くの視線が自分の背後に向けられていることに気付いて、那美が背後を振り返った。

市哉の知っている件の絵の中で、娘は一つ目の巨人の視線に気付くことなく、あるいは気付いていても知らない風に、横たわり寛いでいた。一方で今、巨人の気配に感づき振り向いた那美は、巨人をどんな表情で見上げているのだろう。驚き慄いているのか、それとも……。

どちらにしても、市哉がその表情を窺い見ることはできなかった。

雲の広がる暗い空に光り輝く姿を重く揺らしながら、国引神話の八束水臣津野命が青森の街に現れている。おそらく本来の姿よりもずっと巨大化して。一歩、足を踏み出すごとに地響きと共にあらゆる建物からガラスや建材の破片が砕け崩れて落ちる。

そこで初めて人々は、叫び慄き我先に逃げようともがき始めた。擡げた首が持ち上がり海に向かって一瞥すると、光る口が一層裂け聞いたことも無いような咆哮が響いた。

海沿いには薄切りのピラミッドのような建物が建っている。県の観光施設などが入っている近代的なデザインの建物だった。

　衝撃で表面に張られた窓という窓が割れ、さらさらと降りながら国引の光を反射させた。見とれているうちに市哉はぐいと腕を引かれた。那美だった。いつの間にか電話ボックスを降りすぐ傍まで来ていた那美は市哉を引きずって路地に入っていく。階段を数段下りて半地下になっているシャッターの前まで来て、我慢できないといった様子でしゃがみ込んだ。

　そこで市哉は初めて那美がジャージ素材のズボンの膝下、破れた布越しに血を流していることに気が付いた。

「治療しなきゃ」

「いや、いい。それよりも国引を鎮めねえと」

「どうやって」

「わかんねえ」

　那美は喉の奥からむせるような声を出し、呼吸を荒くしていた。

「ていうか、なんなんすか、あの、国引。なんで動いてるんですか」

「前に言ったろう。人が身の丈に合わねえ大きいもの作ると命を持つって」

「あれ、盗まれた頭なんじゃないんですか。誰か、どこかで組み立ててしまっていたんじゃないんですか」

　市哉は少し考えて、再び口を開いた。

「杉造さんなんじゃないですか。俺、杉造さんなんじゃないかって、那美さん、知ってたんじゃないかって」

会話を遮るように、大通りのほうから大きな叫び声の塊が発生した。その後いくつかの統制されていないざわめきで、海に、海が、と、切れ切れの言葉が飛び交った。

「ちょっと、見てきます。救急車も呼びますから。待っててください」

市哉は立ち上がって通りへ走ろうと足を向けた。

「市哉」

那美は息を荒らげたまま、市哉を呼び止めた。振り返った市哉に、那美は相変わらず和犬のような笑みを溢した。

「ありゃ、想いだ」

「想い？」

那美は笑ってはいるものの、相当苦しい様子だった。視線を市哉に合わせようとしながら、焦点が合わずに遠くのほうを見ているように感じられた。

「自分の居場所と、一族を想う、想いだけがあって、それに、人間が身の丈に合わねえもんを……」

那美の声が途中で霞む。

「無理して喋らないでください」

今度は注意深く、区切りながら那美は言葉を発した。

「四十七年、佐藤伝蔵が、『国引』を作ったのは、なんでか、知ってるか」

焦って身じろぎながらも、市哉は少しの間考えてから首を横に振った。今度はもう力無く、口角だけで笑った那美が続けた。

「沖縄が日本に帰ってきた年だ」

市哉は後ろ向きに駆け出しながら、両手で握っている一眼レフの電源を入れ、撮影モードを遠景の、曇天、夜景モードへと切り替えた。父から譲り受けたこの機材は、手元を見なくても操作ができる。親指の位置で覚えていた。

リビングの棚に並んだ十三冊のアルバムは、全国を旅した市哉の父が、丁寧に切り取ってきた日本の記録を北から順に収めたものだった。十三冊目の、つまり最後の風景は、南の海と赤い瓦屋根、道路沿いの派手な英字看板、ドルで表示された値札、木に咲いた紅色の花。そこに住む人々の姿だった。

教科書では学んでいたはずだった。年代も数字で思い出せる。昭和四十七年。ただ、あの写真が撮られた時期とその意味について、市哉はあまりにも実感を持てていなかった。自分の父は確かに、その時、その場所に居たんだった。

逃げる人の流れに逆らいながら市哉が大通りを出るとすぐに、国引の光る背中が見えた。塊は、大通りを海に向かってにじるように進んでいた。海のはるか遠く、雲の厚い境目に向かって吼えている。光は一層強くなった。市哉はレンズを構えた。距離が圧倒的に足りない。部屋の隅に放置している一本のレンズのことを思い、歯嚙みした。ファインダーを確認しながら、市哉はなお、歩を進めた。あの塊を止める方法など解らなかった。ただ撮らなければいけないと考えた。

海面が緩く盛り上がり始めた。波だ、と叫んだ人間がいて騒動は一気に広がった。人にもみくちゃにされながら市哉は海の盛り上がりが割れて、その先から光がのぞいているのを見た。

金属のような、陶器のような滑らかな黄金色だった。徐々に海を割って現れたそれは、人の姿をしていた。黄金の仏像のようだったが、日本のもののようでもなく、といってインドにあるようなものでもなく、どの国の人間の顔をしているのか解らない表情をしていた。うっすらと笑顔に見えたが、海底から出てきたばかりなので深く切れ込んだ両の瞼の溝から波の泡が筋となって頰を伝い、泣いているようでもあった。頭には月桂冠なのか羽飾りなのか黄金の冠が光っていて、瞳は大きくしかし半開きだった。

国引が猛り狂ったような動きでもって、黄金の巨人に向かって吼えた。

巨人の体は一層光を増し、遠く離れた位置からでも、市哉の頰は熱く感じられた。

ぐらり、と国引の体が大きく揺れて、曲げた腰の辺りから徐々に空中に浮いた。左右に漂って揺れながら、国引の体は光る熱気球のように曇天に昇り続けた。

不思議なことに、国引が昇れば昇るほど黄金の巨人は体の輝きを増して、国引がもう、空に点となって光る星と同じ大きさになった頃には巨人の体は真っ白に光って微振動をしながら周りから溶けてぼとぼとと大粒の塊で海に零れていった。

金属が反応熱で白化しながら溶けていくのと似ていた。

「学天則……」

と言う声がして市哉が振り向くと、もう歩くこともやっとであろう老人が、立ったまま瞬きもせず海に溶け落ちる巨人を見つめている。

港を望む広場では、老人と市哉のほかはもう皆逃げてしまっていた。二人きりでただ溶けていく巨人を眺めている。巨人の発する光に照らされて、体の正面が灼ける程熱かった。

市哉は老人に向かって尋ねた。

「学天則って、あの、あそこに居る金色のやつですか。あれはなんですか。仏像かなんかですか」

「ロボット、です」

まったく予想していなかった答えに市哉は戸惑った。市哉の知っているロボットのイメージのどれも、目の前の物体には当てはまっていなかった。

「姿を、消して、ドイツで……故障して、解体された、んです。私が、ドイツで学んでいた時……あるものは、別の、部品になっていた……土に、半分、埋まっていたものも……」

焦っているからなのか、彼の年齢のためなのか、それとも元々言葉の詰まる性質なのか、老人は縺れるように言葉を発した。

「なんでここに」

「部品、戻って、それぞれ、別々に……戻る力が、元、あるべき場所へ、力、紳士は、言った、部品の持つ、集める我々、こそが、部品であること」

　震えつづける老人を、市哉は見つめていた。

「お医者様ですか？」

　市哉は、老人が白衣姿なのに気が付き、声をかける。老人はこわばった頬を少しだけ緩めて頷いた。市哉は老人の肩を支えるようにして、

「診て頂きたい怪我人が居るんです。こんな時だから、きっと他にも、お忙しいでしょうけれど」

　と言ってから、道を戻ろうと歩いた。

　その時、二人の立つ陸の縁の上空、国引のような原色でも、学天則のような金色でもない、白く輝く巨大な四足の何かが頭上遥か上、駆け抜けていくのが見えた。

9

電車が一向に動かないままでかなりの時間が過ぎたと感じていた佳代は、携帯の液晶を見てまだ一時間も経っていないことを知って溜息をついた。駿も小さく舌打ちしながら言う。

「参った。全然繋がんねえし」

車体の傾きや捩(ねじ)れから考えて脱線しているようだった。電気関係のシステムが駄目になっているのか、放送らしきものも聞こえてこない。連結部分は前も後ろも、ひしゃげてしまって見通せない。まともに残っているのはこの車両だけであるように感じられた。

「家に帰りたい」

佳代は車内でひっきりなしにこの言葉を口にしている。母に会いたい、父に会いたい、帰りたい。脳内ではそういった意味の言葉が終わりなく繰り返されていた。たとえ家がもっと危険な、大変な状態になっていたとしても、それでも自分は家に向かうんだろうと考えていた。

「大丈夫だって。天気良くないから暗いけど、まだ時間は遅くないし。もう少しかかってもすぐに空港もどりゃ、飛行機に間に合うって」

そう言って駿は、佳代の背中をぽんと叩いて続けた。

「シャガールはまた今度見りゃいい。大人になれば見に行けるから。青森じゃなくてアメリカにだって、どこにだって」

「凄いね、多田駿は」

「なにが」

「私が家に帰ることとか、親のことばっかり考えてるこんな時でもまだ、多田駿はどこかに行くことを考えてる」

「だから言ったじゃん。おれ遊牧民だったたんだって」

おそらく駿は、自分を元気づけようと、いつもより明るい調子で話しているんだろう。

車窓から外を見る佳代の、漂う視線が一点で留まった。夜空にも思える程の暗い空の中を、一頭の白い馬が駆けていた。佳代は後ろを振り向いて、また窓に向き直り、掌で窓を擦った。

馬は窓に映りこんだものではなく、正真正銘、空を駆けているものだった。

まるで『アレコ』の第四幕、

「サンクトペテルブルクの幻想」

駿が隣で声に出した。

「何か乗ってる」

佳代は空を駆ける馬の首元に小さな人のような姿をしたものがしがみ付いているのを見た。髪の長い、白くて、細い、少女のようだったが、はっきりとは見えなかった。

馬はそのまま、遠くの空へ白い帯のような靄を残して駆けていってしまった。

「どこに行くんだろ」

「故郷に帰んじゃねえの」

「どこ」

「わかんねえけど」

「ヴィーツェプスク……？」

ヴィーツェプスクは現在ベラルーシ領の、ラトビアとロシアの国境に程近い都市だ。シャガールの故郷で、彼がアメリカに亡命したとほぼ同時にナチス軍の手で焼け野原になった。シャガールとその一族の居た場所は、土地だけ残し、故郷という存在自体が消滅してしまった。

私たちはいずれ少しずつ行ける場所が増える。でも私たちが育つまでに無くなる街だって、きっとたくさんあるはずだ。と佳代は思った。土地は無くならないけど、故郷は消える。故郷に、無数の結晶のようにして構成されている家族も、一緒に分解されて無くなる。

「なんで私はこんなに『家族』や『場所』に縛られるんだろう」

「大人になったら、どこにでも行けるだろ。そこで家族を作るかもしれないし」

「少なくとも私は、危ない街でも、どんなに戦争してても、ギリギリまでその場所に縛られると思うよ。皆に逃げなさいって言われても、家族だとか、場所だとかに。人だけじゃない、動物だって」

「そんなもんなのかな」

「解らないけど、意識とか、魂みたいなものは、ひょっとしたら私自身にあるんじゃなくて、所属している集団とか、場所のほうにあるのかも。そこにたまたま私みたいなひとつの生き物がいるから、私に魂があるように見えるだけで……」

10

夜も明け、既に雪は降るのをやめている。昨夜までの嵐も日の昇る手前頃までにすっかり静まって、積もった雪が足元から世界を明るく照らし返していた。

和吉は朝のひと仕事をいつもより急ぎ気味に終えると、母に持たされた三人分の握り飯を抱え、伊作の家に向かった。村の騒ぎは静まっているわけではなかったが、それでも学校へ行く者、仕事をせねばならぬ者と、それぞれがなすべき日常が動きつつあった。

伊作の家はその日常の動きに取り残されたようにしんとして、それでも昨日までと変わらずにあった。

伊作の父は未だ戻っていないのだろう。和吉が入口に立っても、人が出てくるような気配はなかった。耳をそばだてると、廊下の奥のほうでしりしり、ぱたぱたと未だオシラサマを持ち、踊っている伊作の母の足音は響いていた。伊作の履物がないのを確認して、和吉は玄関先に握り飯の包みを置いて、再び歩き出した。

もうすっかり日が昇りきり、学校の始まる時間も過ぎた頃になってようやく、和吉は伊作を見つけた。

伊作は和吉の家の厩舎の前で、いつもと同じように柵に腰掛け、足をぶらつかせていた。朝、急いで仕事を済ませた和吉と行き違いになったらしい。

着の身着のままで居た伊作に、和吉は駆け寄った。

「何しとる、こんなとこで、寒かろ。握り飯を家に置いといたから、喰え」

伊作は黙って、ただ一点を見ている。和吉が伊作の視線を辿ると、そこには古い渡し板が二枚、立てかけてあった。どちらも泥じみて、あちこち腐ったようになってはいたが、厚みもあり、頼もしい存在感を放ちながら置かれている。

和吉は白い息と一緒に言葉を吐いた。

「ありゃあ、おせりに出す馬こさ、荷台に載せるための渡し板だ」

「知っとる。この板の跡、二歳馬で、こんだけ、蹄の深い跡がつくちゅうのは……」

そう言って伊作は少しだけ黙り、また言葉を繋いだ。

「きっと、よっぽど、荷台に、載るのが厭で、踏ん張ったんだろな。どの馬こも」

和吉は荷台に載せる時の、酷く厭がって脚の筋を張り、鼻息荒く首を振り回しながら抵抗する仔馬の姿を思い出した。

厩舎から出して、渡し板の上を通す馬はいつだって、誰に教わった訳でもないのに、暮らした場所から離れることを拒絶し、暴れた。和吉は、馬を出す時はいつもこれからの活躍を祈り、今いる厩舎よりもうんと素晴らしい場所へ送り出す気持ちでいたが、今までで一頭でも、すんなりと台車に乗った馬など居なかった。喚(わめ)き、踏ん張り、時には暴れて脚の骨を折り使い物にならなくなる馬も居た。

「なあ、和吉」

「うん?」

「俺は、ほんの、近いうち、この村を、離れねばなんねぐなる」

「どこさ行ぐんだ」

「母ちゃんも、あんなだから、父ちゃんが、戻るまでは、まずはたぶん、親戚の世話さ、ならねば……」

「戻ってくんのか」

伊作は少しの間、変わらず一点を見つめていたが、すぐにはっとして大袈裟な明るい声をあげた。

「そりゃあそうだ。ぜって、戻ってくんぞ。……だども、すぐには、無理だ。俺にゃあ、することが、山ほど、あるもの」

「何を」

「まんず、うんと勉強して、えらぐなって、村の役に立つような、恥ずかしぐない人間んなって、……今、おかしぐなっちまってる、母ちゃん、治すことできるぐらい、えらいもんになって……姉ちゃんも探し出して、父ちゃんも、一緒に、なんとしてもみんな揃って、村さ戻るんだ」

「いっぱいすることあんなあ。大変だ」

「なあに、時間は、たんまりある。俺たちにゃ、まだ」

「土産は、ガクテンソクで頼むぞ」

和吉の言葉に伊作は最初驚き、そのあと声を上げて笑う。

「学天則は、でっけえもんだ。土産なんかに、できるようなものでは、ねえ」

「だども、自分勝手に動くんなら、連れて帰られるだろう」

「なん、あれは、神通力で、動いとるという話だ。そういうもんは、別の場所に、連れて行ったら、うまく動かんと聞くぞ」

「そりゃあ、いんちきくさいもんだ」

「いんちきではねえ。そもそもは、見世物で、あちこち回るほうのが、いんちきというもんだ。からくりは、それでいいかもしれんが、学天則、そんな風さ、でぎねえよ。人だって、なんだって、そん場所でだけ、使える力、というもんがある」

和吉は努めて明るく振る舞う伊作に合わせて、おどけた風に自分の両目に拳を当ててくるくると回しながら、

「なら、ガクテンソクの目ん玉さひとつでも刳り貫いて持って帰ってきてくれ」

と伊作に言う。

「馬鹿、ありゃ、ばらばらにできるような、もんでねえぞ。……だども、そうだなあ。姉ちゃんが、そん時まで、学天則さ見てねえ、っつってたら、見してやりてえなあ」

「姉ちゃんも今頃探してるんでねえか。太夫銀さ乗って」

授業が始まる鐘が鳴った。学校の外でこれを聞くのは、二人とも初めてだった。鐘の音は遠く山に跳ね返ってしんとした空気の中に響き渡った。

伊作は正面から、まっすぐに和吉を見た。和吉には、伊作がゆうべ泣きじゃくっていた子供から一気に自分を通り越して大人になってしまったように見えた。

ゆうべの吹雪は嘘のように晴れて、今は巨大な八甲田が白く空を覆っている。

「了」という名の襤褸の少女

高山羽根子

「物語を書き始める」という行為に対して、「書き終える」という行為にはあまり脚光が当たっていないように思う。数で前者を後者が上回ることがないのは当然であるにしても、私の周りにはどうやら思う以上の数、終わらないままの物語が浮いて漂っているらしい。

普段、人は物語を想像し始めることがあっても、想像し終えることはあまりない。人から声をかけられたり、降りる駅が近づいたりと、なにかの外的要因によって想像を強制終了させられてしまうことが多いからかもしれない。旅行記が比較的書きやすいと言われているのは、旅それ自体が非日常であること以上に、旅には終わりがあるからではないか。

とくに現実に近い物語であればあるほど、終わらせ方に困る。そもそも現実は終わらないものなのだから、物語の上で終わらせる時には違和感を法螺で注意深く塗り潰す作業のような行為が必要だと信じ、そのため手に余らせてしまう。子供のころだったら、書きあきたところでやあメデタシとできたのに、この頃はもっと格好の良い終わり方がないものかと欲をかき、結局宙に浮かばせたまま知らんふりをしてしまう。

ちょっとくらい尻切れとんぼでもしょぼくれていても、きちんと終わらせてあげなければと、宙ぶらりんに漂うそれらを見て思う。

自分の中で今まで一番効果的だと思えたのは、フィッシュボーンチャートというやり方だった。魚の骨のように、頭と尻尾を付けた状態の物語の背骨を作り、小骨のような線をたくさん引きだして要素を付け加えていく。尻尾が終わりでも、頭が終わりでもいい。途中でひっくり返すこともできる。

もっと乱暴に、世の中の宙ぶらりんな物語を終わらせるべく襤褸の少女を派遣するというのはどうだろう。襤褸を着た少女がよたよたと歩いてきて空を見上げ「あ、流れ星」と呟くぐらいでいいとも思う。世のありとあらゆる物語の中を渡り歩いてラストシーンを飾るというのは、大変に幸せな職業かもしれない。


（初出　『ユリイカ』二〇一五年一月号）

解説

大野万紀

本書は高山羽根子のデビュー作をはじめ、書き下ろしを含む五編を収めた短篇集であり、二〇一四年に出た著者の初めての単行本を文庫化したものである。日常を描いているはずが、いつの間にかどこか違うところへ連れて行かれたり、ユーモラスで、どこか不思議で、突拍子もなく、そしてとても奥深い、「何だこれ」というような物語たちが収められている。

高山羽根子の小説を初めて目にしたのは、二〇一〇年の年末、創元SF短編賞アンソロジー『原色の想像力』に掲載され、第一回創元SF短編賞で佳作となった本書の表題作「うどん キツネつきの」だった。

『原色の想像力』の巻末には、山田正紀、大森望、日下三蔵、それに編集部の小浜徹也による、そのときの選考座談会が収録されている。最終選考に残った上位の候補作の中で「うどん キツネつきの」を一番推していたのは大森望だった。まずはそのタイトルのインパクトについて語り、その文章力、語り口がずば抜けていると評価する。他の選者も、その良さを認めるものの、SFとしてどうか、SFの賞として、SFらしさがあるかという点が議論になった。大森望が鈴木いずみを例に出し、表面的にはSF的な描写はないが、様々なエピソードを通じて背後にある不思議が見えてくるとき、そこにきわめて現代的なSFが立ち現れるという意味の発言をし、山田正紀もSFかどうかといえばSFだと思う、と語っている。一方で、そうはいってもSF味は薄く、SF短編賞とするには難しいという意見もあった。もちろんそれは「SF」を冠とする賞に果たしてふさわしいのかという議論であり、作品として面白く、優れていることは誰もが認めるところだった。

結果として、「うどん　キツネつきの」は佳作となり、受賞した松崎有理、山田正紀賞となった宮内悠介らとともに、『原色の想像力』に掲載された。

今読み返してみると、著者のそれぞれの作品にとって、ジャンルとしての「SFかどうか」という区分にあまり大きな意味はない。だがそれでも、大森望のいうとおり、作品の背後には紛れもなくSF的な「原色の想像力」があり、SFや現代科学の世界観と人々の伝統的、日常的な世界観の相互作用が描かれているといえる。それは、「発達した科学は、魔法と見分けが付かない」というクラークの法則のとおり、どこか不思議で幻想的な様相を呈する。しかしそれがどれほど奇妙に見えようとも、それはこちら側の現実や今の世界の日常と、ある経路を通じてしっかりつながった地続きなものなのである。

表題作や「母のいる島」のような作品を読んだとき、その印象から、著者の作風は「少し不思議」系の、ユニークで「奇妙な味」の作風だと思っていた。コミカルで日常的な雰囲気を描きつつ、ふと異界の深淵をのぞき見るというような。だが、それだけではなかった。本書にはずっとシリアスで重い作品も含まれている。また、本書には含まれていないが、最近作で、二〇一六年に第2回林芙美子(はやしふみこ)文学賞の大賞を受賞した「太陽の側の島」では、戦地と内地に別れた男女の書簡の形式で、二つの世界の相互作用を淡々と描いているが、それがあるところからとてつもない結末へと至る。ここでも幻想的・SF的な想像力が、著者のずば抜けた文章力で——空襲におびえながら幼い子どもと暮らす内地の妻の平凡な日常、戦争に取り残されたような南の島での兵士の暮らし、その感情豊かでリアルな描写が、そのままに奇怪で幻想的な世界へと——具象化されているのである。

以下、本書に収録された作品について、ぼくの感想を述べてみたい。作品の内容にふれるので、ネタバレが気になる方は、まず本書を読んでから、その後でご覧いただくことをおすすめする。

まず表題作「うどん　キツネつきの」。うどんというのは、三人姉妹が飼っている犬の名前である。犬といったが、本当のところはわからない。最後まで読むと、これは宇宙生物だったのかも知れないと思う。でも作品の中ではずっと犬として描かれていて、それでちっともかまわないのだ。この作品では、それを拾った三姉妹の日常と成長がスケッチ風に描かれている。三姉妹は個性的であり、起こる出来事もコミカルなので、ごく普通のちょっと面白い日常を切り取ったスケッチのように読める。そこに少し不思議な、いや最後はすごく不思議な出来事が起こるのだが、それで世界が変わるわけではない。むしろ、それまで送ってきた日常の意味をあらためて確認することになる。たとえば生き物を育てるとはどういうことか、といったような。

次の「シキ零ゼロレイ零 ミドリ荘」。シキ零レイ零というのは敷金ゼロ、礼金ゼロという意味。そんなおんぼろアパートミドリ荘で暮らす、貧乏でちょっと変わった住人たちの様子を、主に小学四年生の女の子ミドリの目から描いた作品だ。この住人たちが、ベトナムや中国から来ている人も含め、みんな面白い。特に中心的なテーマとなっているのが言葉の問題。外国人もそうだが、日本人でもネット用語でしか話さない人、木食い虫の食い跡に古代文字を読み取る人、怪しげな大阪弁で宇宙の冒険を語り、手話を使うおっちゃん、そして夜の闇の不安感と、宇宙的な〝すごく不思議〟、それから犬たちのふるまいが描かれる。いつも元気で大人たちを観察しているミドリがとてもいい。ぼくは「じゃりン子チエ」のチエちゃんを思い起こした。

そして「母のいる島」。ぼくはこの作品がとても好きだ。造りとしてはわりと単純で、離島に暮らす母が入院することになり、島へ帰ることになった主人公をはじめとする十五人姉妹の物語。一見ごく普通に見える姉妹だが、実はみな超絶な技の持ち主で、たまたま島で起こった異常事態に立ち向かう。いやあ楽しい。まさに「何だこれ」って話だ。

ここまで、わりと雰囲気は明るくてコミカルなのだけれど、次の中編、単行本版に書き下ろされた「おやすみラジオ」で雰囲気が変わる。シリアスといえばいいのか、より重いというのか、背後にあったテーマ性がより表に出てきたというのか。

「おやすみラジオ」では、はじめ小学生の子どもが作ったらしきブログで、次第に成長するラジオという謎の機械が描かれる。それはそれで不思議なものだけれど、とりあえずはこれまでの作品のような日常の枠組みに一つの異物が紛れ込んだものとして読める。ところが、それがブログを読んでいる女性の生活に侵食をはじめ、ネットでのうわさや謎となって日常を変容させていく。それはバベルであり、情報の洪水であり、いつか現れるだろう方舟(はこぶね)の幻影をもって話は終わる。リチャード・ドーキンスのいう〈ミーム〉――すなわち人から人への文化や習慣や知識を伝える情報の遺伝子――についての物語であり、まさに現代SFのど真ん中といえるテーマを扱った傑作である。

最後の「巨(おお)きなものの還(かえ)る場所」も、シリアスで本格的な幻想譚である。明らかに東日本大震災を背景にして、青森のねぶたと出雲の国引きを結びつけ、神話的で巨大なものの到来を幻視する。そこにオシラサマや、学天則(がくてんそく)や、空飛ぶスパゲッティや、シャガールの絵や、時代を越えて、「家族」や「場所」に縛られながら、人ではない巨きな何かにつながろうとする人々の物語を描いていく。中で語られる言葉が印象的だ。「意識とか、魂みたいなものは、ひょっとしたら私自身にあるんじゃなくて、所属している集団とか、場所のほうにあるのかも。そこにたまたま私みたいなひとつの生き物がいるから、私に魂があるように見えるだけで」。「場」に宿る意識。これをSFといわずに何といおうか。

本書の作品には、それぞれ横文字のタイトルがついている。それも直訳ではなく、テーマを含めて考えられたものになっていて面白い。誰がつけたのだろうと思っていたが、確認したところ著者が自分でつけたとのことだった。例えば表題作は「Unknown Dog Of Nobody」で、頭文字をつなげるとUDONとなるのだ。英語だけでなく「ミドリ荘」はエスペラント後で「古い家」を意味する「Malnova Domo」、「巨きなもの」は「Le Grand Conservatoire」というフランス語である（著者によると、巨大で〝人為的介入を伴わない自然現象〟とのことだ）。「おやすみラジオ」の英題はそのものずばり「Radio Meme」となっている。

はじめ、ちょっと変わった面白い話を書く人だな、と思っていた著者が、こんな突拍子もない傑作を書く人だったとは。この人の想像力の強さは本物だ。

本書は二〇一四年、小社より刊行された作品の文庫化です。

著者紹介 1975年富山県生れ。多摩美術大学美術学部絵画学科卒。2010年，「うどん　キツネつきの」で，第1回創元ＳＦ短編賞佳作となる。本書は第36回日本ＳＦ大賞の候補作に，本書収録の書下し短編「おやすみラジオ」は第46回星雲賞日本短編部門の候補作に選出された。20年，「首里の馬」で第163回芥川龍之介賞を受賞。

検　印
廃　止

うどん　キツネつきの

2016年11月18日　初版
2020年7月31日　再版

著　者　高山羽根子（たかやまはねこ）

発行所　（株）東京創元社
代表者　渋谷健太郎

162-0814/東京都新宿区新小川町1-5
電　話　03・3268・8231-営業部
　　　　03・3268・8204-編集部
ＵＲＬ　http://www.tsogen.co.jp
振　替　00160―9―1565
フォレスト・本間製本

ISBN978-4-488-76501-9　C0193